Originalausgabe

© *by Mathias Bellmann. Das Werk einschließlich aller Inhalte ist
urheberrechtlich geschützt. Alle Rechte vorbehalten.*
*Verlag: BoD · Books on Demand GmbH, In de Tarpen 42,
22848 Norderstedt*
Druck: Libri Plureos GmbH, Friedensallee 273, 22763 Hamburg
ISBN: 978-3-7597-5943-6

Die Göttin des Zufalls

Ein polytheistisches Theaterstück

Personen

TFH:	*Zufallsgöttin*
R:	*Rapper*
V:	*Vögler magischer Narr*
S:	*Seraphina*
C:	*Cassian*
So:	*Soldat*
A:	*Andre*
ZS:	*Zweiter Soldat*
P:	*Perthos*
Po:	*Polizist*
AF:	*Alte Frau*
L:	*Lucy*

Inhalt

1. Akt: Die Offenbarung der Göttin

[Mit einem Knall öffnet sich der Vorhang. Trommelwirbel. Dann Stille. Leise Schritte von nackten Füßen. Eine griechische Tänzerin vollführt kunstvolle Tanzschritte. Ihr folgt ein muskulöser griechischer Tänzer, der an die alten Statuen erinnert. Sie umkreisen sich, nähern sich langsam. Schließlich springt sie zu ihm. Er fängt sie auf und hält sie in die Luft. Standbild. Die Tänzer werden abgedunkelt und der Scheinwerfer schwenkt auf eine Frau am Rand.]

TFH: Seid ihr nur gekommen, weil ihr das Gold und den Reichtum aus meinem Füllhorn wollt?

[Stille. Sie geht zum Bühnenrand, sieht sich um, bei einigen Gesichtern bleibt sie hängen]

TFH: Nehmt alles! Nehmt so viel, eure Bankkonten tragen können. Wenn ihr nicht mehr vom Leben als Gold und Reichtum erwartet, dann bin ich eh die falsche Göttin für euch. Dann geht lieber zu den blinden Narren mit ihren Büchern. Aber für die, die mehr wollen. Die wissen, dass da mehr ist. Ein tiefes Geheimnis. Eine Offenbarung. Das Wunder einer Prophezeiung. Die mögen bleiben. Bei mir seid ihr richtig!

[Wieder Stille. Sie gibt den Habgierigen Zeit, zu verschwinden. Lo-Fi Rap kommt plötzlich aus dem Off. Das Licht wird bei TFH

abgedunkelt und erscheint am äußersten Rand, wo noch nichts zu sehen ist. Plötzlich taucht jemand auf durch einen Scheinwerferkegel und rappt zu Beats]

R: *Yo*, Glück und Glück hat, wer die richtige Göttin hat. Sie schafft Chancen und macht wahr, was man sich erträumt. Willst du also Glück im Leben haben, solltest du die Göttin des Zufalls fragen. Denn sie gibt an allen Tagen die Chance, an die, die auf die richtige Art fragen.

[Das Licht geht aus und kurz danach auch die Beats. Licht wieder auf der Göttin]

TFH: Vor langer Zeit habe sie mir auf einer kleinen Insel im Mittelmeer einen Tempel gebaut. Ich war die glücklichste Göttin der Welt. Junge Frauen waren dort jeden Tag und pflegten ihn. Sie pflanzten Blumen und ich schickte ihnen kleine Wunder. Im Laufe der Jahrzehnte wurde der Tempel immer reicher. Denn sie wussten das Glück, welches ich ihnen schenkte, weise zu nutzen. Dann haben sie im Herzen des Tempels mir zu Ehren eine wunderschöne Statue erbaut und sie mit purem Gold überzogen. Damit begann das Drama.

[Dunkelheit. Trommelschläge. Eine Lyra ertönt, gefolgt von Fanfarenstößen. Dann leichte Tanzmusik. Wieder treten die beiden Tänzer auf. Ausdruckstanz. Sehr körperbetont. Nach einiger Zeit

abdunkeln. Stille entstehen lassen. Die Göttin spricht, aber ist nicht sichtbar]

TFH: Ihr Menschen werdet irre beim Anblick des Goldes. Ein Krümmel reicht und ihr entfacht einen Krieg deswegen [*Es knallt und am linken Rand explodiert ein Knallkörper*], selbst kluge Frauen würden ihren nackten Körper für einen Klumpen dieses goldenen Metalls verkaufen. [*Eine Frau stöhnt aus dem Off und scheint orgiastisch zu kommen*]

TFH: Weil ihr blind seid für die wahre Schönheit, klammert ihr euch an das funkelnde Metall. [*Während sie das sagt, geht das Scheinwerferlicht auf sie an. Die Bühne wird hell. Das Bühnenbild ist ein alter griechischer Tempel*] Würdet ihr endlich verstehen, was wir Götter euch seit Äonen versuchen zu sagen, dann würdet ihr längst alle im Paradies leben. [*TFH lässt sich auf eine römische Sitzliege sinken und wirft den Kopf in den Nacken. Am Rand der Bühne guckt eine Art Vogelmensch aufs Publikum. Im nächsten Moment springt er auf die Bühne. Er geht merkwürdig und stolziert mehr wie ein Vogel. Langsam schleicht er sich an die Göttin heran, die immer noch verzweifelt ihren Kopf nach hinten auf die Liege des römischen Sofas gelehnt hat*]

V: Gott sein, ist schwer und Göttin sein noch mehr. Glaubt nicht, dass wir Menschen es schwerer haben, auch ich nicht mit meinem Flügelfell. Die Göttin sehnt sich nach uns in Harmonie, aber sie verzweifelt immerzu, weil wir uns wie

11

Kleinkinder benehmen. Das ist schwer zu ertragen. Schwer. Sehr schwer.

TFH: Du närrischer Vogel, was weißt du schon von uns Göttlichen? [*Fragt die Göttin, aber wendet sich ab, als ob sie an einer Antwort nicht interessiert ist*]

V: Sie ist gestresst von euch [*Läuft zum Publikum, geht ganz nah an Einzelne ran und starrt sie für einen Moment irre an*], weil ihr so oberflächlich seid und für den kleinsten Scheiß eure Ideale verratet!

TFH: Wenn es nur das wäre …

V: Seht die Göttin Menschen! Seht sie als Symbol. Seht sie als Vertreterin für die vielen. Denn ihr alle wisst es. Die Zeichen der Götter sind von der Erde verschwunden. Nur wenn ihr die alten Texte und Inschriften lest, erfahrt ihr noch, wie es ist, mit den Götter zusammenzuleben. Manche glauben schon, es hat sie nie gegeben und eure Vorfahren hätten einfach nur zu viele Halluzinogene konsumiert oder sich in einer kollektiven Hypnose selbst verarscht. Nichts könnte ferner der Wahrheit liegen. Nichts könnte falscher sein. Nichts wäre ein größerer Trugschluss. In der alten Zeit lebten die Menschen mit den Göttern und Göttinnen in Einklang. Ihr Leben war eine Symbiose. Aber sie sind weg. [*Trommelschlag und Knall, gern Feuerwerkseffekte an der Decke*]

V: Sie sind weg, weil ihr sie enttäuscht habt. Begreift das! Hört die Wahrheit und vergesst sie nie mehr. Ihr Menschen seid in den Augen der Götter eine Enttäuschung. Eure Habgier. Eure Feigheit. Eure Notgeilheit. All das stößt sie ab. Sie finden euch eklig und deshalb sind sie weg. Aber es war nicht immer so …

[Es wird dunkel. Scheinwerfer leuchtet am anderen Rand der Bühne einen Bereich aus. Zwei Menschen sind dort mit dunkler Haut, langen schwarzen Haaren, mit Fell als Kleidung und sie sitzen auf dem Boden und schaben einige Fellreste aus und bessern die Spitze eines Speeres aus. Die Szene bleibt einige Momente auf die Frühmenschen gerichtet. Dann wird es wieder dunkel und der Scheinwerfer richtet sich wieder auf den Vögler]

V: Seht, damals waren sie immer da und sie waren immer bereit, euch zu helfen. Denn sie liebten euch. Wirklich, sie liebten euch und ich hoffe, ihr habt das Präteritum gehört. Denn es ist ein Teil der Vergangenheit.

[TFH springt auf und stößt den Vögler zur Seite, verzweifelt geht sie zum Rand der Bühne]

TFH: Ich wünschte, ihr wäret noch die Alten oder ihr hättet noch das Herz am rechten Fleck. Aber ihr seid kalt, außer es geht um Geld, Sex oder Ruhm. Früher hielten eure Familien zusammen und eure Freundschaften hielten ein Leben lang. Heute verstoßen Kinder ihre Eltern, kaum dass sie in der Pubertät sind und träumen von dem Tag, an dem sie ausziehen und nie wieder heimkehren. Eure Freundschaften sind so zerbrechlich wie Sektgläser. Wisst ihr, wie schnell diese kleinen Sektgläser zerbrechen? Ihr seid nicht nur korrupt und oberflächlich, eure ganze Gesellschaft ist unfähig zu tiefen Beziehungen geworden. Also warum sollte ich mich auf euch einlassen, wo ich doch nie weiß, ob ihr schon morgen alles, was wir hatten, wegschmeißt, als wäre es nie dagewesen?

[*Vögler drängelt sich an ihr vorbei, stützt sie, als ob sie ohnmächtig werden würde und bringt sie zu den Stufen des Tempels*]

V: Die Göttin ist so zart. Nicht alle Götter sind so. Aber sie hat ein gutes Herz. Wann immer einer Glück braucht und wirklich an sie glaubt, dann segnet sie ihn und das Glück wird ihm folgen. Aber sie ist enttäuscht, für welche unnützen Dinge sie es missbrauchen.

Glaubt mir! Denn es ist wahr. Die meisten Götter haben sich von euch abgewendet. Sie ekeln sich vor euch. Zwar habt ihr jetzt diese tollen Geräte und riesigen Städte, aber das ist nicht das, was sie einst an euch liebten. Ihr hattet Herz und ihr hattet Mut. Das faszinierte sie. Ihr wart für eure Familie da und hättet euch jedem wilden Tier und jeder Armee in den Weg gestellt, um sie zu retten. Aber heute lasst ihr euch selbst bei der kleinsten Kleinigkeit im Stich, als ob eure

Familien nur genetische Kühlschränke wären. Dabei ist es der Zufall, der euch in diese Familie geführt hat und der Zufall ist immer ein göttliches Werk. Denn sie ist die Göttin, die für euch da ist.

[Dreht sich nach dem letzten Satz um und zeigt mit offener Handgeste auf die Göttin. Licht über ihm wird dunkel und leuchtet zu ihr, sie sitzt an den Stufen des Tempels und hält ein Rad in der Hand]

TFH: Geld oder kein Geld! Das ist doch das, was ihr alle wollt! Ihr wollt Geld. Ihr braucht Geld. Geld ist wie euer Blut. Darum braucht ihr mich. Denn mein ist die Macht über Gewinn und Verlust. Darum betet ihr zu mir. Denn Geld ist der Zündstoff eures Motors.

[Dreht das Rad und lässt es in der Hand kreisen, Vögler steht am Rand der Bühne]

V: Stimmt es? Seid ihr nur wegen des Geldes hier? Zumindest seid ihr klug. Denn welche Macht ist sonst verantwortlich für Gewinn und Verlust? Nur, wenn ihr zu ihr betet, könnt ihr euer finanzielles Glück steigern. Also betet. Betet zur Göttin des Glücks. Betet um euer Geld. Glaubt mir, wer auch immer Glück hatte und guten Gewinn machte, machte es wegen ihres Segens. Also betet. Zögert nicht! Werft euch zu Boden und betet für euren Reichtum.

TFH: Hinweg du Narr. Ich will mehr sein. Geld ist schön, aber das Schicksal ist die wahre Macht der Erde. Jeder trägt es in sich, aber wie viele verschlafen ihr Schicksal und sterben, ohne es erfüllt zu haben?!

V: Zu viele!

TFH: Viel zu viele. Viel zu viele werden geboren und ihnen wird ein großes Schicksal in die Wiege gelegt, aber sie werden es nie nutzen. Sie sind faul, oder vielmehr noch, sie sind selbstmitleidig und drücken sich vor den Prüfungen des Lebens.

V: Niemand kann zu jemandem werden, der sich nicht den Herausforderungen stellt. Feiglinge werden von den Haifischen der Weltmeere verschlungen.

TFH: Lass es Narr. Es lohnt sich nicht. Sie sehen uns nicht, weil sie blind sind. Ihre Ahnen sahen, aber sie sind blind geworden. Dabei haben sie alle ein drittes Auge.

V: Tyche, wovon redest du?

TFH: Über tausend Generationen haben sie mit uns gelebt. Sie haben ihren Nachfahren die Gabe vererbt. Der Gott des Buches hat versucht, diese Gabe auszurotten. Aber das ist unmöglich. Jeder Mensch hat die magische Gabe, um mit unserer Welt in Verbindung zu treten.

V: Warum tun sie es nicht?

TFH: Das ist die Tragik. Sie lassen ihre magische Gabe verkümmern.

V: Das klingt, als wären sie behindert.

TFH: Es ist schlimmer. [*Steht auf, hebt einen Arm und malt etwas mit der offenen Hand in die Luft*] Wer sein spirituelles Herz verkümmern lässt, der wird zu einem platten Charakter.

V: Platt wie ein Flunder?

TFH: Lass deine Witze, sonst möge dich mein Zorn treffen.

V: Verzeiht mir Göttin. Erklärt mir bitte, was das spirituelle Herz ist?

TFH: Das spirituelle Herz war es einst, was die ersten Menschen spüren ließ, dass wir da sind. Wir lebten so lange Seite an Seite und streiften durch die Weiten dieser Welt. Aber dann wurden sie blind.

V: Wann war das?

TFH: Diese elenden Bücher sind schuld. Sie tauchten in die Welten der Seiten ein und wurden blind für die Welt, die wirklich existiert.

V: Narren!

TFH: Narren sind Dummköpfe, aber diese Irren haben fast den ganzen Planeten in Schutt und Asche gelegt.

V: Wer blind ist für die Wahrheit, wird im Wahn sein eigenes Haus niederbrennen.

TFH: Es brennt noch immer.

V: Lichterloh.

TFH: Ach, wäre ich froh, die Alten wiederzusehen. Sie zogen durch die Steppen und Wälder. Ihr Leben war hart und rau, aber sie waren glücklich, ehrlich und konnten mit ihren Augen sehen.

V: In dieser blinden Welt heute findet man keine Sehenden mehr.

TFH: Es gibt sie. Sie sind wenige. Rar gesät wie reine Diamanten ohne Einschlüsse.

V: Wer? Wo?

TFH: Dieses Geheimnis müssen wir bewahren, denn die blinden Irren hassen nichts mehr als Menschen, die die Wahrheit sehen können. Sie fürchten sie, weil sie der Beweis sind, dass ihre ganze Welt eine Lüge ist.

V: Ein einstürzender Lügenpalast …

TFH: Selbst die wilden Tiere in den Steppen sehen wahrer als die blinden Städter. Oh, wie ich es liebe, mit den letzten wilden Löwen zu tollen [*Löwengebrüll aus dem Off*]

V: [*Geht zum Bühnenrand*] Ist sie nicht die Löwengleiche? Ich wünschte, ihr würdet sie nicht so verzweifeln lassen mit eurer Blindheit für die Göttlichkeit. Oder ist ein Sehender hier? [*Guckt ins Publikum. Bleibt bei einigen Gesichtern kurz hängen*]

TFH: Jeder von ihnen könnte sehen, aber um die Wahrheit zu sehen, müssten sie aufhören, nur an ihr Geld zu denken.

V: Oh, sie kommt zum Geld.

TFH: Narr, werd nicht frech. Sonst rufe ich den Gott des Donners, dass er mir einen Blitz schickt, um dich zu grillen. Ich habe nichts gegen Geld, aber es betäubt die Augen der Menschen. Es wirkt wie Scheuklappen bei Pferden. Sie sehen dann nichts anderes mehr. [*Ein Diener erscheint und bringt der Göttin ihr Füllhorn*]

V: Sie liebt das Geld, sagt sie und es stimmt. Menschen verehren sie wegen des Geldes, das ihr Glück mit sich bringt.

TFH: Warum auch nicht. Ich will das sie gewinnen. Zu gewinnen ist schön. Zu gewinnen macht Spaß. Ich will, dass sie gewinnen. Immerzu. Ich will, dass sie feiern. Warum auch nicht?

V: Aber worüber beschwerst du dich dann?

TFH: Über ihre Blindheit!

V: Ja, sie sind blind. Aber was sehen sie nicht?

TFH: Mich! Sie gewinnen, aber leugnen mich. Mein Zufall bringt ihnen Glück. Rettet sie aus der Not. Aber wo bleibt der Dank?

V: Dir fehlt Liebe.

TFH: Ja, verdammt noch mal!

V: Die Göttin will geliebt werden.

TFH: Sag es nicht in diesem Ton. Wir alle wollen Liebe. Das ist das Bindeglied zwischen der Götterwelt und der Welt der Menschen. Liebe ist am Ende das, was zählt.

V: Liebe ist das Gesetz, hat der Narr gesagt.

TFH: Ein Narr, der nie nüchtern war.

V: Also ist es nur die Liebe, die dir fehlt?

TFH: [*Antwortet flehend*] Ja, verdammt! Echte Liebe: Was sonst kann sich eine Frau wünschen. Geld und Ruhm; was brächte mir das? Selbst, wenn mich alle Menschen der Erde ehrfürchtig verehren würden. Solange sie mich nicht lieben, ist das wertlos. Nur die Liebe zählt.

V: Aber wie sollen sie dich lieben?

TFH: Frage nicht. Liebe fragt nicht wie. Liebe tut einfach. Sie ist eine absolute Manifestation der Wahrheit. Sie ist das Leben. Liebe ist der Kern des Universums und sie ist das, was das göttliche Spiel göttlich macht.

[*Die Lichter gehen wieder zum Rand, wo das tanzende Paar auftaucht. Die Göttin lehnt sich zurück und auch der Vögler schaut gespannt zu, wie die beiden erotisch tanzen. Am Ende lassen sie sich im Schlussakkord fallen und bleiben auf dem Boden umschlungen liegen*]

V: [*Schleicht um die Göttin herum, bis er fragt*] Was ist mit Sex?

TFH: Unter der Gürtellinie, mein kleiner Narr! Das magst du. Als ob du ein Mensch wärst. Aber gern, ich mag Sex. Als Göttin verschmelze ich gern mit Frauen und spüre ihre Hormone kochen, bis sie wie ein Vulkan im Orgasmus sprudeln.

V: Habt ihr Sex in den Götterwelten?

TFH: Wir verschmelzen, wie ihr es nie könntet. Wir sind eins, wenn wir wünschen, eins zu sein. Das ist für euch Irdische unmöglich, aber dennoch prickelt euer Sex.

V: Oh, ich spüre, deine Erregung!

TFH: Was ist daran falsch? Zwei treffen sich unterm Mondschein und halten Händchen.

[*Die beiden Tänzer erheben sich. Kreisen umeinander, bis sich ihre Hände treffen und sie sinnlich spazieren*]

TFH: Dann fangen ihre Hormone an zu kochen und sie kommen sich näher, bis sie sich umarmen.

[*Die Tänzer tanzen umeinander, bis sie sich umarmen*]

TFH: Dann beginnt die Magie.

V: Was für eine Magie?

TFH: [*Lacht zuerst laut auf, ehe sie antwortet*] Die Magie, die wir den Menschen gaben. Ist dir nie aufgefallen, dass es einen Unterschied zwischen Mensch und Tier gibt? Es ist diese Magie.

V: Das klingt wie ein Geheimnis?

TFH: Das größte und älteste Geheimnis der Welt!

V: [*Sinkt mit dem Kopf auf die Lehne der römischen Liege und stützt sein Kinn ab und bittet schmachtend*] Erzähl mir mehr!

TFH: Was Menschen können, ist auf spiritueller Ebene zu verschmelzen. Die Tiere begatten sich nur und haben körperlichen Spaß. Aber Menschen können auf Ebenen verschmelzen, zu denen Tiere nicht gelangen können.

[*Die beiden Tänzer zeigen einen erotischen Tanz, an dessen Ende sie miteinander tänzerisch verschmelzen*]

TFH: [*Sieht den Tänzern zu, die zu langsamer Klaviermusik umschlungen zur Ruhe kommen*]: Diese Magie ist das Göttliche im Menschen. Ohne unsere Gabe könnten sie das niemals. Aber wir Götter haben sie gesehen und ihr Potential erkannt. Darum haben wir ihnen diese Gabe geschenkt und die Tore zu den höheren spirituellen Ebenen geöffnet.

V: Eine wahrhaft gesegnete Spezies.

TFH: [*Fragt gereizt*]: Hörst du mir überhaupt zu?

V: Du hast gesagt, ihr Götter habt ihnen die Tore zur göttlichen Liebe geöffnet. Das ist wunderbar. Ihre Welt muss wie das Paradies sein.

TFH: Ihre Welt ist kalt und grau. Jeder kämpft gegen seinen nächsten und selbst in den längsten Ehen kann niemand sicher sein, ob ihr Partner sie für eine Jüngere verlässt.

V: Aber …

TFH: [*Fällt ihm ins Wort*]: Kein aber; sie sind Narren, die außer billigem Bumsen überhaupt keine Ahnung haben, wie man richtig miteinander fickt.

V: [*Lacht laut und überheblich*]

TFH: Wieder lachst du und weißt nicht, wovon ich rede.

V: Göttin verzeih. Ich bin nur ein kleiner Narr. [*Schlägt ein Rad*] Was weiß ich über die Heiligkeit der Sexualität.

TFH: Scheinbar verstehst du doch!

V: Was?

TFH: Sexualität ist ein heiliger Akt. Die menschliche Sexualität ist ein göttliches Geschenk. Viele Welten gibt es in den Weiten des Weltenbaums. Aber wir sahen die Menschen und glaubten an die Aufrichtigkeit ihres Herzens. Früher war das so. Das Wort der Menschen war etwas wert.

V: Ist es das nicht mehr?

TFH: Das Wort eines Mannes, der von Gier getrieben ist, ist keinen Pfifferling wert, genauso wie sein Schwanz nichts als eine tote Schlange ist.

V: Was hat Gier mit der Libido zu tun?

TFH: Gier ist ein toter Bock. Es tötet die Sinnlichkeit. Es tötet die Fähigkeit, die spirituellen Tore zu durchschreiten und auf höherer Ebene zu verschmelzen.

V: Aber wieso ist Sex ein heiliger Akt?

TFH: Weil wir ihnen die Gabe schenkten, nicht nur auf physischer und psychischer Ebene beim Akt zu verschmelzen. Sie können auf der spirituellen Ebene vollkommen eins im Akt werden und einen Orgasmus erleben, der göttergleich ist!

23

V: Das klingt göttlich.

TFH: Das ist es, aber statt wirklich dieses perfekte Gefühl zu genießen, wie wir Götter es tun, verhalten sie sich nur noch wie Tiere.

V: Sie sind Tiere! Du kennst ihre Geschichte. Sie sind getrieben von Gier und Hass und tun sich einander Dinge an, die unvorstellbar sind.

TFH: Damals, als die Pyramiden noch jung waren, trugen sie noch Wahrheit auf ihren Zungen. Jedes ihrer Worte hatte Gewicht, war wahr. Es war eine Wonne, mit ihnen zu ziehen. Heute ist davon fast nichts mehr übrig. Das zeigt sich im Liebesspiel, wie überall sonst. Selbst die Natur des Planeten machen sie damit kaputt.

V: Sind sie noch zu retten?

TFH: Ja natürlich! Es ist so einfach. Mein Schoß wartet auf sie, um sie heim ins Paradies zu führen. Ich bin hier und warte, und meine göttlichen Brüder und Schwestern warten auch. Wir sind da. Wir schenken ihnen Schutz und führen sie in eine Richtung, in der sie nicht am Ende in Depression und Verzweiflung alt werden.

V: Ihre Städte?

TFH: Ja! Geh in ihre Städte. Die Einsamkeit ist grausam und sie wird jeden Tag schlimmer. Ihre Städte sind so krank und voll von Depressionen.

V: Sie haben noch nicht einmal verstanden, wie ansteckend Depressionen sind und dass sie diese selbst mit ihrer Art zu leben erschaffen. Ihre Städte sind Brutstätten für psychische Krankheiten.

TFH: Sie sind so blind, weil sie nur im Außen leben und jeglichen Kontakt zu sich selbst verloren haben.

[*Läuft zum Rand der Bühne und zeigt erregt mit dem Finger ins Publikum*]

Ihr seht meinen Finger und genau das ist das Problem, weil es alles ist, was ihr seht. Doch ihr seht nicht die Aura, die mich umgibt. Ihr seht nicht die spirituellen Fäden des Netzes der Realität. Weil ihr diesen Finger seht, ist das der Beweis, dass ihr nicht einmal die Hälfte der Wirklichkeit seht!

[*Vögler geht zur Göttin und legt ihr beschwichtigend die Hand auf die Schulter. Er führt sie langsam zurück und legt sie auf der römischen Liege ab. Sie entspannt sich*]

V: Ihr Menschen! Ihr Menschen! Was seid ihr für privilegierte, blinde Wesen? Die Götter sehen euch. Seht euch die Göttin an. Sie wartet auf euch. Seht euch eure Leben an. Wie viele Privilegien ihr genießt! Aber die meisten von euch grummeln von Morgens bis Abends. Aber worüber ihr grummelt, sind so unwichtige Dinge. Wie lange noch?

[*Läuft auf und ab, während er fragt*] Wie lange wollt ihr noch an dem vorbeileben, was wirkliche Tiefe ist [*energisch*] und glaubt nicht, dass ihr keine Tiefe braucht. Nehmt euch alles Geld, Kokain, fickt von Morgens bis Abends; am Ende werdet ihr enden wie alle, die diesen Weg wählten: ausgebrannt. [*Bleibt stehen und guckt streng*] Eine weitere ausgebrannte, depressive, von Selbstzweifeln geplagte, sinnsuchende, lebende Leiche. [*Einige Momente Stille*]

TFH: Lass sie. Einige gibt es ja doch, die sehen. Auch wenn es sehr wenige sind, einsam bin ich noch nicht.

[*Vögler geht zu ihr und kniet sich neugierig vor sie hin*]

V: Erzähl mir von ihnen!

TFH: Oh, sie sind die Diamanten der Welt. Sie sind die Sterne auf Erden. In einem Meer von Blinden sind sie die Sehenden, weil sie gelernt haben, mit ihrem Herzen zu sehen. Es hat sie zu allen Zeiten gegeben und wir Götter lieben sie. Denn sie geben uns die Hoffnung, dass diese Spezies noch nicht verloren ist. Leider hatten sie es in der alten Zeit schwer.

V: Warum?

TFH: Weil die Blinden sie fürchten. Sie haben Angst vor der Wahrheit, die die wenigen Sehenden sehen. Denn diese Wahrheit würde die Lügen vieler Leben entlarven.

V: Aber sie könnten die Wahrheit einfach akzeptieren?

TFH: Du kennst die Menschen nicht, kleiner Narr!

V: Ich komme aus den Weiten des Weltenbaums und habe viele Arten erlebt. Warum sollten die Menschen anders sein als die anderen?

TFH: Die Menschen hassen nichts mehr, als sich eingestehen zu müssen, dass sie falsch lagen. Sie würden eher eine ganze Stadt niederbrennen und alle ihre Bewohner auslöschen, als zuzugeben, dass sie falsch lagen.

V: Niemand scheint so stur und verbohrt zu sein.

TFH: Geh in die Museen und Bibliotheken der Erde und studiere ihre Geschichte. Du wirst sehen, dass sie die stursten Wesen der Mittelwelt sind.

V: Aber was ist mit den Sehenden? Sie müssen doch verstehen, wie sie ihren Brüdern und Schwestern die Augen öffnen können?

TFH: Zu viele haben es versucht und sind bei dem Versuch erbärmlich gescheitert. Nicht wenige von ihnen, die dabei ihr Leben ließen. Manche wurden gar lebendig verbrannt, nur weil sie die Wahrheit aussprachen.

V: Kein Mensch könnte einen anderen lebendig verbrennen!

TFH: Menschen können. Ich sah sie in Scharen um die Brennenden stehen und sich am Leid ergötzen.

V: Du warst da?

TFH: Ich war da und half so vielen jungen Frauen, sich vor den Häschern zu verstecken. Aber sie waren ohne Gnade und skrupellos. Jedes Haus haben sie auf den Kopf gestellt, um die freien Seelen zu finden. Dann folterten sie die armen Seelen, bis sie alles gestanden haben.

V: Was war ihr Verbrechen?

TFH: An mich zu glauben, war ihr Verbrechen.

V: An dich?

TFH: Was glaubst du, fürchteten diese Priester, wenn sie vom Teufel sprachen?

V: Was?

TFH: Eine Göttin. Eine weibliche Gottheit. Weil ich all das bin, was beweist, dass sie nur Hochstapler und gierige Ausbeuter sind.

V: Was ist schlimm an dir? Du bist wunderbar. Deine Weiblichkeit ist bewundernswert. Wie könnte jemand etwas gegen dich haben?

TFH: Angst vor der Freiheit der Frau war immer die Triebkraft der falschen Priester. Mit einer Göttin hätten sie niemals ihre Diktaturen aufbauen können.

V: Denn Frauen machen sich einfach nicht gut als Diktatoren! [*Lacht und klopft sich auf die Schenkel*]

TFH: [*Lacht ebenfalls*] Lass uns das Thema wechseln. Wir leben in einem neuen Äon. Die goldene Sonne ist aufgegangen und die Freiheit der Frau wird sich auf allen Erdteilen durchsetzen!

V: [*Rennt zum Bühnenrand. Geschwollene Brust. Sehr ernst ans Publikum gewandt*]

Hört ihr es? Hört ihr, was die Göttin sagt? Hört genau zu: Das neue Äon ist da! Es ist da und damit ist das alte Äon vergangen. Kein Patriarchat mehr. Keine Stände. Keine Zwangsreligion. Keinen Zehnt unseres Geldes an die Kirchen. Keine Könige, Scheichs und nie wieder Ablasspriester! Das neue Äon ist frei und wo immer es nicht frei ist, lebt das alte Äon weiter mit all seinen Zwängen und seiner Überwachung.

Hört, was die Göttin sagt. Erinnert euch an eine junge Frau vor fünfhundert Jahren, die ihre magischen Zufälle entdeckte und davon so begeistert war, dass sie nichts anderes im Leben mehr wollte als die Magie der Zufälle. Spürt, wie sie brannte. Sie brannte und flehte den Himmel an, sie flehte die Priester an. Denn sie tat nichts Falsches. Aber sie verbrannten sie bei lebendigem Leib, weil sie frei glauben wollte, woran sie wollte. Das wird aufhören. Es muss aufhören. Denn wir sind frei. Das Äon ist da, um Freiheit zu bringen, und wo keine Freiheit einzieht, lebt das alte Äon weiter.

Tanzt frei! Hört auf, Sklaven der alten Priester und ihren Kreuzen zu sein. Tausend Jahre haben sie uns gezwungen, an das zu glauben, was sie für gut hielten. Keiner von uns durfte glauben, was sein Herz ihm befahl. Die freie Liebe war genauso verboten. Selbst das Tanzen haben sie verboten und noch heute gibt es Tage, an denen sie das Tanzen verbieten wollen. Tanzt im Namen der Göttin und tanzt besonders wild an den Tagen, wenn sie es verbieten wollen.

TFH: [*Unterbricht ihn kurz in seiner Rede*] Macht den Tanz zu meinem Ritual. Tanzt an jedem Tag und zeigt mir eure Zuneigung.

V: Hört ihr? Tanzt im Sonnenuntergang. Tanzt selbst, wenn die Welt untergeht. Das ist der Ritus der Göttin des Zufalls. Also tanzt und wer sie wirklich versteht, soll jetzt aufstehen und tanzen. [*Musik im Hintergrund setzt ein, falls Leute tanzen, Zeit lassen oder hingehen und ein bisschen mittanzen*] Was ist Religion? Was ist eine religiöse Zeremonie? Was ist ein Ritual? Wenn ihr rausgeht in die Welt, werden sie euch viele Antworten geben. Von jetzt an sollt ihr aber wissen, dass die Antwort der Göttin des Zufalls das Tanzen ist. In Indien haben sie ein Ritual, das sie Lila nennen. Dieses Lila ist der Tanz mit der Göttlichkeit. Deshalb tanzt das Lila. Tanzt, als ob es kein Morgen gibt.

[Licht dunkelt sich ab und Lichtkegel zeigt auf das tanzende Paar, das vom Rand kommt. Beschwingter Paartanz bei Dancehall oder Ähnlichem. Kurz tanzen lassen, diesmal steht die Göttin auf und tritt aus der Dunkelheit ins Licht und interagiert mit dem tanzenden Paar. Dann verschwinden die Tänzer. Licht geht an. Die Göttin steht in der Mitte der Bühne. Sie breitet die Arme aus und schaut an die Decke. Sie atmet laut und zufrieden ein]

TFH: Das Leben ist schön, wenn man nur tanzen kann. Ich bin schön und alle, die zu mir beten, sind schön. Wir sind ein Bund der Harmonie. Meine Kinder sind über die ganze Welt verteilt und sie wissen, wie die Zufälle die Welt beeinflussen. Alles würde ich tun für eine bessere Welt und würden alle, den tiefen Sinn in meinen Zufällen erkennen, würde es klappen.

V: Jede Nacht zieht sie los. *[Aus dem Off eine Stimme: Ich sah sie]* Jeden Tag sendet sie Zeichen. *[Stimme: Wir empfingen]* Alle Wesen sieht sie. *[Stimme: Auch uns?]* Es gibt niemanden, dem die Göttin der Zufälle nicht gewogen ist. *[Stimme: Wie gewinnen wir ihre Gunst?]*. Seid rein im Herzen und sie wird euch führen!

TFH: Hör auf, du Narr. Werde nicht pathetisch wie der Narr des neuen Äons mit seinen drei Sechsen. Die alte Welt ist längst untergegangen. Wir könnten jeden Tag tanzen.

Aber Milliarden Menschen kleben in ihren Köpfen immer noch in der vergangenen Zeit fest.

V: Haben sie Klebstoff im Kopf?

TFH: [*Gibt dem Vögler eine Kopfnuss*] Du Narr! [*Wird nachdenklich*] Obwohl du recht hast. Ihre Gedanken kleben daran fest. Es ist längst tot. Vergangen. Untergegangen. Der große Tod eines ganzen Äons. Aber statt im neuen Licht einer besseren Zeit zu tanzen, sind ihre Gedanken wie Schranken, die verhindern, dass sie ihr eigenes Paradies betreten können.

V: Arme Menschen!

TFH: Reiche Menschen, die glauben arm zu sein und deshalb leben wie Arme, obwohl der Reichtum vor ihren Augen liegt.

V: Dumme Menschen!

TFH: Dumm und blind.

V: Was willst du dagegen tun?

TFH: Hm! [*Rümpft die Nase*]

V: Ich weiß, sie sind dir nicht egal!

TFH: Das ist ja mein Problem.

V: Du liebst diese haarlosen Zweibeiner.

TFH: Liebe? Vielleicht! Es war vor langer Zeit. Damals war alles anders und sie begeisterten mich. Sie waren anders als andere. Aber wie viel von diesem Feuer steckt noch in ihnen?

V: Entzünde es wieder!

TFH: Wie gern würde ich. Es ist mein größter Traum, in ihnen das zu wecken, was tief in ihnen schlummert.

V: Worauf wartest du?

TFH: Diese Frage stelle ich mir auch? Was hält mich zurück?

V: [*Hektisch*] Was, Göttin, was?

TFH: Mir fehlt ein Lichtblick. Ein Mensch, egal ob Mann oder Frau, Kind oder Greis, der mir beweist, dass sie immer noch zu hundert Prozent aus dem Herzen leben können.

V: Aber davon gibt es so viele?

TFH: Das glauben sie, aber leider sind sie abhängig von den Meinungen anderer.

V: Was meinst du?

TFH: Die Menschen: alles, was sie denken, ist das, was die anderen denken.

V: Warum?

TFH: [*Verzweifelt*] Ja, was weiß ich. Sie sind immerzu damit beschäftigt, sich den Kopf darüber zu zerbrechen, was die Person links und rechts von ihnen denkt. Sieh ins Publikum: Sie alle zerbrechen sich tagein, tagaus den Kopf darüber, was Hinz und Kunz von ihnen denkt. Sie haben Angst vor den

Gedanken anderer. Sie kastrieren sich, nur um anderen zu gefallen. Sie ketten sich an eine Illusion von sich selbst, nur weil sie glauben, so die Erwartungen zu erfüllen, die andere an sie haben.

V: Diese Sklaven!

TFH: Sie haben sich selbst versklavt.

V: Was für eine armselige Spezies!

TFH: [*Schreit fast*] Nein! Sie sind wunderbar. Aber sie sind Opfer ihrer eigenen Angst.

V: Angsthasen! [*Rennt zum Bühnenrand, zeigt auf die Leute, wiederholt das Wort Angsthase mehrmals und lacht höhnisch, ehe er zurück zur Göttin läuft*]

TFH: Wenn es nicht so traurig wäre, würde ich auch lachen. Seit hunderten Jahren sind sie nur noch Opfer ihrer Ängste. Wenn du an die Wurzeln ihrer Städte und Gesellschaft gehst, dann findest du heraus, dass sie alles nur machen, um irgendwie Herr ihrer Angst zu werden.

V: Ich kenne keine Angst!

TFH: Du bist auch kein Normal-Sterblicher.

V: Stimmt! [*Lacht erfreut*]

TFH: Aber wenn du einen so zerbrechlichen Körper hast, dann ist Angst wahrscheinlich die logische Reaktion.

V: Mensch sein, scheint schwer zu sein.

TFH: [*Göttin lacht*]

V: Lass mich das einmal ganz ehrlich fragen: Wann wird es besser werden?

TFH: Die Orakel sagen, dass es eine Chance auf ein goldenes Zeitalter gibt.

V: Du meinst das goldene Zeitalter?

TFH: Ja, alle großen Orakel sehen die nächsten Jahrzehnte als das beste Sprungbrett ins goldene Zeitalter.

V: Ich erinnere mich an die vielen Propheten und Seher.

TFH: Vergiss die Völvas und Hexen nicht!

V: Ja, auch sie haben in die Zukunft gesehen, nur die Priester haben alle ihre Weissagungen jahrhundertelang vernichtet.

TFH: Vielleicht sind die Coven die Zukunft, die uns retten kann. Denn wenn die Magie endlich zurückkehrt, wird auch die Liebe wieder Einzug halten.

V: Zaubere für mich, Göttin!

TFH: [*Holt plötzlich einen Zauberstab raus, wirbelt mit ihm und murmelt etwas Unverständliches. Es ploppt und hinten aus der Hose des Vöglers kommt ein pelziger Schwanz*]

V: [*Schreit*] Göttin, was soll das? Stopp! Ich wollte Gold und Wein, aber doch kein Hund sein!

TFH: Der Schwanz steht dir. Komm, wedele für mich!

V: Niemals!

TFH: [*Wackelt mit dem Zauberstab und der Vögler dreht sich im Kreis*]

V: Göttin, welche Schmach. Bitte erlöse mich.

TFH: Wie schade. Du bringst mich zum Lächeln. [*Fuchtelt mit dem Stab herum und murmelt etwas. Der Schwanz fällt auf den Boden. Der Vögler fährt sich über den Po und springt vor Freude in die Luft*]

TFH: Leider sind die magischen Bannzauber der alten Götter um die Welt gelegt und sie verhindern die großen Zauber.

V: Was für Bannzauber?

TFH: Ist dir nie aufgefallen, wie schwach die Magie auf der Erde ist?

V: Ja, das habe ich bemerkt, aber ich dachte, es läge an mir, weil ich die richtigen Zaubersprüche vergessen habe.

TFH: Nein, du Narr. Es sind die Schutzzauber der alten Götter, die die Menschen schützen sollen. Sonst wäre dieser Planet längst eine Wüste, wie die anderen Planeten des Sonnensystems.

V: Wer hat sich dort ausgetobt?

TFH: Epische Schlachten fanden dort statt.

V: Du meinst, Götter haben diese Planten verwüstet.

TFH: Vor langer Zeit, als das Leben noch jung auf der Erde war, kamen einige kriegerische Göttersippen gern zur

Erde. Sie kämpften mit epischen Wesen auf den anderen Planeten des Sonnensystems.

V: Wow! Das hätte ich gern gesehen.

TFH: Sie hätten dich zerquetscht wie eine Fliege.

V: Mach mir keine Angst, Göttin.

TFH: [*Gibt ihm eine Kopfnuss*] Lass uns zu schöneren Dingen zurückkehren.

V: Was meinst du?

TFH: Meinen Traum.

V: Du hast da etwas angedeutet.

TFH: Du solltest lernen, zwischen den Zeilen zu lesen.

V: Mir fehlt die weibliche Intuition.

TFH: Dir fehlt mehr als das. Mein Traum ist eine Welt des Tanzes und der Musik. Wo junge Männer mit ihren Gitarren und Trommeln auf den Wiesen spielen und alle, die vorbeikommen, im Gedenken an mich mit feurigen Herzen tanzen.

V: Willst du die ganze Welt tanzen sehen?

TFH: Ich will dieses Publikum tanzen sehen. [*Ruft*] Warum sitzt ihr noch? Steht auf und lasst eure Körper kreisen.

[*Musik setzt ein*]

V: [*Fängt an zu tanzen, auch das tanzende Paar kommt zurück, Musik läuft einige Zeit, bis sie leiser wird*]

TFH: Ich will, dass die ganze Welt tanzt! Ich will, dass jedes Kind weiß, dass der Tanz der Tempel der Göttin des Zufalls und Glücks ist. Sie sollen feiern und sich freuen. Der Tanz soll ihre Art sein, zu mir zu beten. Geht in die Bars und tanzt. Fahrt zu den Festivals und tanzt. Tanzt in den Nachtclubs. Tanzt auf der Straße, wenn ihr keinen anderen Ort zum Tanzen habt.

V: Ja! [*Tanzt im Two Step nach links und rechts*]

TFH: Lila! Ich male die Welt lila an und alles wird schön.

V: Lila? Warum lila?

TFH: Im alten Indien gibt es das heilige Ritual, das sie Lila nennen. Es ist die Verbindung des Menschen mit seiner Gottheit.

V: Lila!

TFH: Ja, lila. Alle, die zu mir wollen, sollen lila sein. Sie sollen so lange tanzen, bis sie in Trance verfallen.

V: Die heilige Trance. Der heilige Zustand, in dem der Körper eins wird mit den höheren Sphären.

TFH: Sobald sie sich in die Trance getanzt haben, öffnen sich die spirituellen Tore in ihrem Inneren und sie können endlich mit mir tanzen.

V: Warum tanzt du nicht jetzt mit ihnen?

TFH: Weil ich die göttliche Art zu tanzen meine!

V: Was ist der göttliche Tanz?

TFH: Wenn unsere Körper tanzen, dann tanzen unsere Körper. Aber wenn auch unsere Seelen miteinander tanzen, ist es göttlich.

V: Können Seelen tanzen?

TFH: Du Narr! Wie lange treibst du dich schon mit uns Göttern herum? Was haben wir dir alles für Gaben und Kräfte geschenkt und dennoch hast du noch nicht verstanden, wie tief unsere Geistkörper reichen!

V: Bin ich ein Blinder?

TFH: Du bist nicht blinder als die meisten Menschen, aber du bist unterhaltsamer. Deshalb lieben wir dich so. Aber ja. Blinde sind die, die nur den physischen Körper sehen. Aber die Wirklichkeit der Welt ist unendlich viel größer als nur das Körperliche. Das ist auch in der Liebe so.

V: Was hat die Seele mit der Liebe zu tun?

TFH: Du bringst mich an den Rand der Verzweiflung. Liebe ist nicht das stumpfe Ficken, sondern es ist das Verschmelzen unserer nicht sichtbaren Teile.

V: Was ist nicht sichtbar?

TFH: Die höhere Wahrheit.

V: Ich sehe dich doch!

TFH: Du bist wie ein naives Menschenkind, das denkt, dass das was es sieht, schon alles ist. Aber die Wahrheit ist mehr. Mein Körper hier wirkt wie der eines Menschenkindes.

Oft tanzen wir in den Kleidern der Menschen auf dieser Erde. Aber wir sind keine Sterblichen, so wie sie.

V: [*Wirft nachdenklich ein*] Sterbliche seid ihr sicher nicht.

TFH: Nein! Wir sind mehr, als das, was die Augen sehen. Was du hier in diesem Körper vor dir siehst, ist nur ein Bruchteil dessen, was ich wirklich bin.

V: Du bist eine Göttin.

TFH: Ich bin eine Göttin und mein wahres Wesen übersteigt die Realität des gesamten Universums. So ist das mit allen Göttern und Göttinnen und wir sind viele. Um hier mit den Menschen zu sein, verwandeln wir uns, aber unsere wahre Göttlichkeit hört niemals auf und sie übersteigt diesen sichtbaren Körper zu jeder Zeit.

V: Oh Göttin [*Fällt auf die Knie*], ich war blind. Zeige mir dein Licht und führe mich in die göttliche Welt.

TFH: Erhebe dich, du Narr. Ich will nicht, dass du kniest. Wie lässt mich das aussehen?

V: [*Erhebt sich und klopft sich den Staub von den Klamotten*] Verzeih mir, Göttin. Ich wollte dich nur ehren und preisen.

TFH: Knie nicht. Geh raus und feier das Leben und das Dasein. Feier jede Nacht und preise mit deinem Glück meinen Namen. Ich will den Quatsch des alten Äons nicht mehr. Wer braucht das noch? Diese Pfaffen in ihren steinernen Tempeln. Sie wollten Geld, Macht und Einfluss auf Kosten Schwächerer. Das ist nicht das, was ich will. Kein Gott will das und weißt du, warum?

V: Nein! Warum?

TFH: Weil wir Liebe sind.

V: Ich liebe dich. Du bist eine wunderbare Göttin.

TFH: Liebe ist alles. Das Wesen der Liebe auf dieser Welt ist unsere göttliche Natur. Immer wenn ein Mensch wahrhaft liebt, nimmt er Teil an der göttlichen Sphäre.

V: Was könnte göttlicher sein als die Liebe.

TFH: Du verstehst nicht, die Liebe ist göttlicher Natur. Sie ist göttlich.

V: Dann würden die Menschen zu Göttern werden, wenn sie wirklich lieben?

TFH: Ja! Endlich verstehst du es. Die Menschen werden zu Göttern und Göttinnen, wenn sie wirklich rein lieben. Aber es muss echte Liebe sein. Keine billige Triebbefriedigung, kein Statusgedöns und auch keine emotionale Abhängigkeit, um seine eigenen Neurosen zu überdecken. Echte reine Liebe. Denn echte, reine Liebe ist göttlich. Wenn sie wirklich rein lieben, dann öffnen sich die himmlischen Tore und sie werden zu einem Teil der göttlichen Sphären.

V: Ich will lieben. Ich will in eure Welt. Ich will spüren, was es heißt, ein Gott zu sein. Sag mir, Göttin: Kann auch ich, kleiner Wicht, ein Gott werden?

TFH: Das Leben ist unendlich und ein ewiger Strom der Transformation. Nach deinem Leben wirst du in ein anderes Leben inkarnieren. Du kannst aufsteigen oder tief fallen. Wenn du in die Welt der Göttlichen aufsteigen willst, dann musst du den Weg der Liebe wählen. Du musst die Liebe zu deinem Gesetz machen.

V: [*Fällt auf die Knie und faltet die Hände zur Göttin*] Ich nehme das Gesetz der Liebe an. Es soll alles für mich sein. Ich will der Gesetzestreueste unter den Sternen werden und jeder meiner Schritte soll zur Liebe werden. Ich will in die göttlichen Sphären. Denn ich will die unendliche Liebe spüren, abheben und nie wieder landen.

TFH: Das kannst du. Denn das ist das Versprechen von uns Göttern an alle sterblichen Wesen. Ihr müsst nur euer Herz reinigen, öffnen und lieben, und schon öffnen sich die Tore in den Himmel. [*Geht zum Rand*] Hört ihr. Jeder von euch ist eingeladen. Wir Götter und Göttinnen weisen keinen ab, der sich auf den Weg der Liebe begibt. Alles, was ihr tun müsst, ist euer Herz zu öffnen und schon werdet ihr die Schwelle zu unserer göttlichen Welt öffnen.

[*Ende 1. Akt*]

2. Akt: Die Zufälle der Freiheit

[Bühne besteht aus zwei Teilen. Eine Seite ist eine Wohnung. Abgeteilt durch eine Hauswand. Andere Seite ist die Straße mit Straßenlaterne]

S: *[Sitzt auf ihrem Bett]* Noch immer hat er sich nicht gemeldet. *[Lässt sich frustriert nach hinten ins Bett fallen]* Ich halte es nicht mehr aus. Sein Handy ist aus. Seit Stunden hat er nicht geantwortet. *[Schwingt sich genervt aus dem Bett und läuft zum Fenster]* Ich habe ihm gesagt, dass es gefährlich ist. Was hätte ich machen sollen? Er war so überzeugt. Ich habe ihn angefleht, bin vor ihm auf die Knie gegangen und habe gebettelt. Aber er ließ sich nicht aufhalten. *[Vergräbt den Kopf in ihren Händen und läuft durchs Zimmer]* Würde er nur sein Handy anmachen oder mir eine Nachricht schicken. Wenn ihm doch nur nichts passiert ist. *[Lässt sich wieder ins Bett fallen]* *[Draußen taucht ein Schatten in der Nacht auf. Erst als er in den Lichtkegel der Straßenlaterne kommt, sieht man ihn. Er trägt einen Hoodie auf dem Kopf und man sieht sein Gesicht nicht. Er läuft direkt zur Tür und hämmert laut dagegen]*

S: Wer? Es hämmert laut. Ist er das oder will mich ein Dämon quälen? Fast wäre ich eingeschlafen. In meinen Träumen hätte ich ihn wiedergesehen. Aber dieser Krach ist unerträglich. *[Läuft Richtung Tür, dreht aber nach einigen Schritten wieder um zum Bett]* Aber nein. Ich will mit meinem Schmerz allein sein. Niemand kann mir helfen und niemand kann verstehen, was ich fühle. [*Läuft zurück zum Bett. Der Mann draußen hört auf zu trommeln, tritt einen Schritt zurück und greift sich verzweifelt an den Kopf. Er läuft zum Fenster, kann aber nichts sehen, weil die Gardinen zu sind. Dann läuft er zurück zur Tür, hämmert und schreit*]

C: Sera!

S: [*Schreckt hoch und sitzt kerzengerade, als hätte sie einen Geist gesehen*]
Ich muss eingeschlafen sein. War es seine Stimme oder quält mich ein Dämon? [*Greift nach ihrem Handy und schaut drauf*]
Noch immer keine Nachricht von ihm.

C: [*Hämmert wieder gegen die Tür*] Sera! Sera mach auf, ich bin es Cas!

S: Cas?! [*Springt aus dem Bett und rennt zur Tür. Sie öffnet mehrere Schlösser und reißt dann die Tür auf*]

C: Endlich Sera. Ich dachte, du wärst ausgeflogen.
[*Die beiden fallen sich in die Arme. Cas hebt sie hoch und dreht sie im Kreis. Sie küssen sich*]

S: [*Nachdem Cas sie wieder auf den Boden gesetzt hat*] Ich war in Sorge. Mein Herz blutete und meine Seele schrie, dass selbst die Götter zitterten. Du hast nicht geantwortet. Ich habe dich tausendmal angerufen und dir geschrieben. Warum hast du dich nicht gemeldet?

C: Mein Handy ist weg. Es ging alles so schnell und ich bin froh, dass ich es rausgeschafft habe.

S: [*Nimmt ihn an der Hand und führt ihn ins Zimmer. Als Licht auf sein Gesicht fällt, erschrickt Seraphina*]

Cassian [*Nimmt sein Gesicht mit dem blauen Auge und dem getrockneten Blut an der Lippe in die Hände und streichelt ihn sanft*], was ist mit deinem schönen Gesicht passiert? Welches Monster kann so etwas tun? Ich glaube es nicht. Ich will es nicht glauben. Geliebter Cas, du hättest auf mich hören müssen und nicht zu diesem Wahnsinn gehen!

C: Ich musste. Ich bin ein Mann und dieses Land braucht mich. Dieses Land braucht jeden mutigen Freiheitskämpfer. Wir müssen das Unrecht stoppen und das Land von diesen Monstern befreien.

S: Aber dein Gesicht? Das ist Wahnsinn. Was ist, wenn du umgebracht wirst?

C: Sprich nicht davon. Mein Bruder Aurelian starb. Wäre nicht ein Wunder passiert, würde ich neben ihm im Matsch liegen. Mein Herz brennt und es wird brennen bis zu meinem letzten Atemzug. Seit Kindertagen waren wir wie Brüder. Auch wenn unser Blut von zwei Müttern stammte, so hat uns das Schicksal zusammengeschweißt wie göttliche Brüder. Aber heute bin ich zerrissen. Für immer wird das Schwert des Schmerzes in mir bohren.

S: Aurelian ist tot? Cas, komm in meine Arme. [*Nimmt ihn in die Arme und streichelt seinen Rücken. Nach einigen Momenten löst sie sich und sieht ihn ernst an*] Versprich mir Cas: Geh nie wieder zu diesen Demos! Lass die anderen es machen. Aurelian ist tot. Trage sein Erbe im Herzen und bleibe bei mir. Wir haben uns. Was brauchen wir mehr?

C: Du verstehst es nicht, Sera. Diese Zeit ist anders. Nie waren wir näher dran, diese Regierung zu stürzen und uns zu befreien.

S. Cas! Willst du wie Aurelian sterben?

C: Nein, aber ich kann meine Leute nicht im Stich lassen. Wir müssen kämpfen, sonst ist alles verloren.

S: Cas, ich brauche dich. Geh nicht. Bleib bei mir. Ich werde mich um alles kümmern. Wir warten, bis Gras über die Sache gewachsen ist.

C: Sera …?

S: Was kümmert uns die Welt da draußen, wenn wir uns haben? Du liebst mich. Das hast du mir hundertmal geschworen. Ich bin alles für dich, hast du gesagt. Also, was brauchst du mehr? [*Sie klammert sich verzweifelt an seinen Hals*] Bleib bei mir, das ist alles, worum ich dich bitte.

C: [*Legt seine Hände auf ihre*] Sera, ich muss da raus. Meine Brüder brauchen mich. Noch stehen die Barrikaden und die

Bullen kommen nicht durch. Ich muss gehen und ihnen helfen.

S: [*Die Hände liegen weiter auf seinem Gesicht und sie sinken zusammen auf die Knie*] Lass mich nicht allein, Cas! Ich habe Angst, wir werden uns nie wieder sehen.

C: [*Löst die Hände und erhebt sich langsam*] Sobald die Schlacht gewonnen ist, komme ich zu dir zurück und dann haben wir alle Zeit der Welt. [*Küsst Sera auf die Stirn. Dann wendet er sich ab und geht*]

[*Das Licht wird leicht abgedunkelt, traurige Musik spielt, während Cas nach draußen stürmt und über die Straße abhaut*]

S: Wieder bin ich allein. Mein Herz blutet und es wird noch mehr bluten, wenn sie mir die Nachricht von seinem Tod bringen. Niemand kann diesen Wahnsinn überleben. Aurelian fiel und Cassian wird ihm folgen. Die beiden machen immer alles zusammen, auch der Tod wird sie vereint willkommen heißen. Aber was wird aus mir? Wer bin ich ohne meinen Cas? Ich werde verwelken wie eine Blume. Das Einzige, was noch blühen wird, werden die Blumen auf seinem Grab sein.

[*Sera schleppt sich zum Bett und lässt sich auf die Decke fallen. Einige Zeit bleibt sie liegen, dann richtet sie sich auf. Sie kniet im Bett und starrt zum Himmel. Dann faltet sie die Hände*]

S: Oh Göttin meines Herzens! Seit Kindertagen beschützt du mich. Ohne dich wäre ich nicht mehr. Jetzt bitte ich dich, meinen Cassian zu beschützen. Dieser Kampf um die Freiheit ist alles, woran er glaubt, weil er ein gutes Herz hat. Bitte hilf ihm. Bitte bring ihn zu mir zurück!

[Es wird abgedunkelt. Pianomusik setzt ein. Sie spielt einige Zeit. Dann knallt es. Laute Stimmen sind zu hören. Es knallt und blitzt im Hintergrund. Schüsse sind zu hören. Einige Leute mit alten, zerrissenen Klamotten rennen über die Straße. Dann kommt eine Gestalt mit dunklem Hoodie. Sie läuft zur Tür und hämmert dagegen]

C: Sera! Schnell!

S: *[Schreckt hoch]* Ist es ein Traum? Ich höre ihn, aber er kann es nicht sein. Er kämpft oder ist längst tot und liegt im Matsch neben Aurelian. *[Es hämmert wieder. Sera springt auf und läuft zum Fenster. Es knallt und blitzt wieder. Geschrei ist zu hören. Es hämmert wieder an der Tür und Sera erschrickt]*

C: Sera! Schnell! Mach auf, sonst kriegen sie mich.

S: Cas! *[Rennt zur Tür und reißt sie auf. Cassian stürmt rein und schlägt die Tür zu, rennt zum Fenster, zieht die Gardinen zu und lugt nach draußen]*

S: Cassian: Was ist los?

C: Sei leise und komm her. *[Sie geht zu ihm. Er zieht sie nach unten]* Duck dich, sonst sehen sie uns!

S: Wer Cassian? Wer sollte uns sehen?

C: Die Armee.

S: Die Armee? Was hat die Armee mit uns zu tun?

C: Diese verfluchten Monster sind einfach aufgetaucht. Wir haben uns hinter den Barrikaden versteckt und auf die Polizei gewartet. Aber dann sie die Panzer gekommen.

S: [*Ruft erschrocken*] Panzer?

C: Es war die Hölle. Fast wäre ich draufgegangen, aber dann ist ein Wunder passiert.

S: Cas? Was redest du? Die Armee greift doch keine Demonstranten an. Das hat sie noch nie getan.

C: Alles ist anders. Es sind neue Zeiten. Die Regierung weiß, dass alles auf dem Spiel steht. Sie braucht die Armee. Sonst wird sie fallen und wir das Land von ihrer Besatzung befreien.

S: Wer ist wir Cassian? Aurelian ist tot. Du musst damit aufhören.

C: Ein Wunder hat mich gerettet. Ich sage es dir. Der Himmel stand mir bei und ich weiß, was das bedeutet. Ich muss mich ausruhen und dann geht es zurück zur Barrikade.

S: Cas, du bist wahnsinnig und von was für einem Wunder redest du?

C: Du wirst es nicht glauben. Selbst ich glaube es noch immer nicht. Aber ein Wunder hat mich gerettet. Die Panzer fuhren auf und wir wussten nicht, ob sie nur bluffen.

Plötzlich fiel mir mein Talisman aus der Tasche. Ich versuchte, nach ihm zu greifen, aber er rollte weg. Ich robbte ihm hinterher und dann knallte es.

S: Was knallte?

C: Erst wusste ich es nicht. Es war mir sogar egal, Sera. Du weißt, mein Talisman ist ein Teil meines Erbes. In meiner Familie wird der Kleine seit fünf Generationen weitergegeben [*Holt eine kleine Medaille mit Kette aus der Tasche und hält sie in die Höhe. Er schaut ihn theatralisch an. Sera sieht ihm bewegt zu, dann streichelt sie ihm sanft über die Wange*]

S: Erzähl mir endlich, wie es weiterging.

C: Verzeih, Sera. Aber sieh erst her. Dieser Kleine ist der Grund, warum du deinen Cassian weiter lieben darfst. Ohne ihn würde dir nur mein Grab bleiben.

S: [*Kriecht zu ihm ran, fast ihn an den Kragen und schüttelt ihn*] Du sprichst wirr. Was redest du, Cas? Du und ich gehören zusammen. Wir werden für immer zusammenbleiben. Keine Macht darf uns trennen.

C: Baby, du und ich bis ans Ende der Zeit. Vielleicht war es die Kraft der Liebe, die meinen Talisman in Bewegung setzte.

S: Jetzt spann mich nicht weiter auf die Folter und erzähle mir alles.

C: Er rollte einfach. Siehst du dieses kleine Ding. Ich habe es nie rollen sehen. Aber plötzlich rollte es, als ob eine magische Hand es anschob. Ich hechtete hinter ihm her und dann krachte es laut hinter mir. Ich riss den Kopf herum. Die Kette des Panzers durchbrach die Barrikade da, wo ich gerade noch gehockt hatte.

S: Cas! Das ist schrecklich!

C: Schrecklich ist, dass der Tim noch dahockte. Er hatte mir nachgeschaut, wie ich meinen Talisman jagte und die Kette nicht gesehen. Aber ich sah, wie sie seinen Kopf traf und dann krachte die Barrikade unter dem Gewicht des Panzers zusammen und überrollte ihn.

S: Tim? Der kleine Tim; mit dem wir spielten damals im Buddelkasten? Er war noch ein halber Bub, hatte nichts gesehen und noch nie eine Freundin gehabt. Das ist grausam!

C: Grausam war das Knacken seiner Knochen. Ich konnte es hören und musste mich fast übergeben. Aber da gerade sprang mir mein Talisman wieder ins Auge und ich griff zu. Ich schaffte es. Glaubst du es? [*Hält seinen Talisman in die Höhe*] Ich hatte ihn zurück. Doch dann traf mich etwas am Hinterkopf.

S: [*Dreht seinen Kopf um und untersucht den Hinterkopf*] Da ist eine kleine Beule. [*Drückt leicht drauf*] Tut es weh?

C: Männer kennen keinen Schmerz! Aber das ist nicht das, was wichtig ist. Denn als mich irgendwas am Kopf traf, duckte ich mich instinktiv weg und griff mir an den Kopf. In der Hektik flutschte mir mein Talisman wieder durch die Finger und rollte davon.

S: Mein Armer. Zum Glück bist du nicht ernsthaft verletzt.

C: Das ist das Wunder. [*Legt seine Arme auf ihre Schultern und schüttelt sie leicht*] Hörst du das Sera: Es ist ein Wunder! Anders kann es nicht sein. Eine höhere Macht hat mich beschützt.

S: Was redest du, Cas? Du sprichst in Rätseln. Spann mich nicht auf die Folter. Ich ertrage es nicht mehr.

C: Sera. Danke den Göttern, dass sie dir deinen Cassian gelassen haben. Das war ein Wunder. Du weißt, mein Talisman ist alles für mich. Kaum dass ich gecheckt hatte, dass ich nicht blutete, guckte ich zu meinem Talisman. Er war schon ein Stück weit gerollt und war kurz davor, in ein Loch zu fallen. Also hechtete ich wie ein Irrer über den Boden. Ich erwischte ihn, aber das war nicht das Wunder. Denn während ich über den Boden robbte, schlugen direkt hinter mir die Salven eines Gewehrs ein.

S: Man hat auf dich geschossen?

C: Nicht nur einmal. Diese Monster kennen keine Gnade. Die Kugeln sausten durch die Luft wie Blitze. Ich sah, wie einige Männer durchsiebt wurden und blutend zusammenbrachen. Es war die Hölle. Nach den Schüssen folgten die Schreie. Es waren nicht wenige, die blutend zu Boden gingen.

S: Du hast es geschafft. Das ist alles, was zählt.

C: Du hörst mir nicht zu: Es war ein Wunder. Denn kurz danach tauchten zwei Soldaten auf und richteten ihre Maschinenpistolen auf mich.

S: [*Schreit fast*] Nein!

C: Ja, Sera! Es war schrecklich. In mir lief bereits mein Leben vor meinem geistigen Auge ab und ich sah dich. Ich erinnerte mich an unseren Sommer am Strand und wie wir im Herbst durch den Park gewandert sind.

S: Das waren die schönen Zeiten. Wie gern würde ich dorthin zurückspringen.

C: Diese Zeiten sind vorbei. Das Land brennt und es wird noch schlimmer werden.

S: Nein, Cassian. Alles wird gut werden. Daran glaube ich. Denn wenn ich nicht glauben würde, dann würde ich wahnsinnig werden.

C: [*Nimmt ihr Gesicht in die Hände und küsst sie*] Die Götter schützen uns. Eine höhere Macht wird uns beschützen. Kein Panzer und keine Armee können uns trennen.

S: Du musst nur hier bleiben und kein Panzer und keine Armee wird kommen. Wir bleiben hier, bis der Sturm vorüber ist. Glaube mir, er wird vorüberziehen. Jeder Sturm zieht vorüber. Heute ist das Wetter schlecht, aber schon morgen könnte die goldene Sonne aufgehen.

C: Sera! Zwing mich nicht zu wählen. Ich liebe dich. Du bist meine Sonne. Jeder Moment mit dir ist ein Traum. Aber ich muss zurück. Denn wenn wir nicht kämpfen und gewinnen, werden sie uns trennen. Sie hassen die Liebe. Du weißt, dass es so ist. Sie wollen, dass wir heiraten, wen sie wollen und willige Kinder zeugen für ihre dunkle Armee. Aber das ist keine Liebe. Sie wollen die Liebe verbieten. Du weißt, wer ich bin. Du weißt, wer meine Eltern sind. Nie würde dieser Staat es erlauben, dass einer wie ich ein einfaches Mädchen wie dich liebt. Aber ich will dich lieben und weil ich dich liebe, muss ich rausgehen und kämpfen.

[Sera sinkt mit ihrem Kopf auf seinen Schoss. Draußen hört man laute Schritte aus dem Off. Dann tritt ein Uniformierter auf. Seine Schritte sind militärisch. Er rennt zur Tür. Versucht durch die Fenster zu schauen. Dann hämmert er laut gegen die Tür]

So: Aufmachen! Militärpolizei!

[Cas schreckt hoch. Kriecht im Krebsgang rückwärts ans Ende des Zimmers]

C: Sera, ich bin verloren! Sie kommen, um mich zu holen.

S: Niemand wird dich mir wegnehmen!

C: Diese Leute schert es nicht, was wir wollen. Sie wissen nicht, was wahre Liebe ist!

So: [*Der Soldat hämmert erneut*] Aufmachen! Hier ist die Militärpolizei. Aufmachen! Sonst breche ich die Tür auf.

S: [*Wird hektisch*] Cas, was machen wir? Wenn er dich hier sieht, wird er wissen, wo du warst. Er wird dich mir entreißen.

C: Ich muss mich verstecken. Schnell! Sera? Wo? [*Rennt verwirrt durchs Zimmer. Sera schaut ihm verunsichert zu. Dann steht sie auf und geht zum Bett*]

S: Komm hierher. [*Cas kommt zu ihr. Sera ruckelt an der Bettdecke, sodass man den Hohlraum unter dem Bettgestell sieht*]

C: Sera, ist das meine letzte Rettung?

S: Es muss! Ich lege die Decken drüber, dann wird er dich nicht sehen.

[*Cas kriecht unters Bett, während es an der Tür hämmert. Nachdem Sera die Decken darüber gelegt hat, läuft sie zur Tür. Gerade als der Soldat wieder hämmert. Dann reißt sie die Tür auf*]

S: Was soll der Krach? Ich will schlafen.

So: [*Salutiert*] Guten Abend, junge Frau. Entschuldigen sie die Störung, aber ich muss ihre Wohnung kontrollieren.

S: Nein! Sie können meine Wohnung nicht kontrollieren. Ich habe nicht aufgeräumt. So können sie nicht in meine Wohnung.

So: Es tut mir leid. Ich werde schnell sein, aber es ist meine Pflicht.

S: Aber warum? Was wollen sie in meiner Wohnung?

So: Junge Frau verzeihen sie mir. Aber es ist meine Pflicht. Ich muss jedes Haus durchsuchen. Da kann ich bei ihnen keine Ausnahme machen.

S: Aber es sieht chaotisch aus. Geben sie mir fünf Minuten, um aufzuräumen.

[*Sera will die Tür zuschlagen. Der Soldat tritt vor und stoppt die Tür, ehe sie zufallen kann*]

So: Keine Sorge, es geht schnell!

[*Der Soldat drängelt sich unsanft an ihr vorbei und betritt die Wohnung. Sera sieht ihm nervös hinterher. Der Soldat untersucht jeden Teil des Raums, guckt in alles rein, schließlich kommt er zum Bett*]

So: Wir haben es fast geschafft. Nur noch ihr Bett und dann haben wir es geschafft. Also keine Sorge.

S: [*Sera stellt sich zwischen ihn und das Bett*] Darf ich ihnen was anbieten? Tee, Wasser oder Kekse?

So: Ja, gerne.

[*Sera fasst ihn an der Schulter und führt ihn zum Tisch. Sie sorgt dafür, dass er sich hinsetzt. Dann eilt sie zum Schrank, holt ein Glas*] *und füllt es, dann noch ein paar Kekse. Sie hastet zum Tisch zurück und stellt sie ihm hin]*

So: Danke. Sie sind ein gutes Fräulein. Die meisten haben heute keinen Respekt mehr vor uns. Wir wollen die Leute nur beschützen, aber sie begreifen nicht, wie gefährlich die Aufständischen sind. Wenn sie gewinnen, wird unser Land im Chaos versinken. Aber sie verstehen uns, das sehe ich. Ach, die Kekse schmecken herrlich.

[Sera hört ihm nervös zu, gelegentlich schaut sie rüber zum Bett und Cas lugt durch die Decke. Der Soldat isst seinen Keks und trinkt einen Schluck]

So: Ich wünschte, alle würden uns so sehr unterstützen wie sie. Dann würden wir die Aufständischen viel schneller besiegen. *[Er isst das letzte Stück vom Keks und steht auf. Sera stellt sich demonstrativ zwischen ihn und das Bett. Sie legt ihm sogar die Hand auf die Schulter und redet mit ihm]*

S: Ich bin ihnen so dankbar, dass sie ihren Dienst für unser großartiges Land leisten. Ohne sie wäre keine von uns sicher.

So: Ich danke ihnen. *[Sie sind fast an der Tür, dann löst er sich aus ihrem Griff]* Lassen sie mich noch einen Blick unter ihr Bett werfen. Das ist nur pro forma, aber meine Dienstpflicht zwingt mich dazu.

S: [*Ihre Gesichtszüge entgleisen, sie stottert*] Aber warum? Sie haben doch schon alles gesehen. [*Versucht wieder ihre Hand auf seine Schulter zu legen und ihn zu stoppen*]

So: Keine Sorgen Fräulein, falls ich eines ihrer Höschen finde, werde ich es nicht konfiszieren. [*Lacht schmutzig und reißt dann die Bettdecke hoch*]

So: Ihr Bett sieht gemütlich aus. [*Blinzelt Sera schmutzig an. Dann wirft er die Bettdecke aufs Bett. Man sieht Cas unterm Bett, wie er Sera hilflos anguckt. Dann bückt sich der Soldat*]

[*Kawumm! Es knallt laut. Auf der Straße explodiert etwas. Drinnen greift der Soldat nach Sera und zieht sie aufs Bett, um ihrer beiden Köpfe zu schützen*]

So: Das war ein Panzergeschoss!

S: Wer schießt auf uns?

So: Das galt nicht uns. Die Armee jagt die Rebellen. Sie müssen bis hierher vorgedrungen sein. Es tut mir leid, mein Fräulein. Ich würde gern weiter mit ihnen im Bett kuscheln. Aber ich muss an die Front. Sie brauchen mein Gewehr im Kampf gegen die Rebellen. Keine Sorge, wir werden jeden von ihnen ausrotten wie ein dreckiges Rattenloch. Sie können beruhigt schlafen. Dieser Abschaum wird ihnen nichts tun! [*Der Soldat gibt ihr einen Kuss auf die Wange. Sera verzieht angewidert das Gesicht. Dann stürmt der Mann aus ihrem Haus raus auf die Straße und verschwindet in der Dunkelheit*]

C: Schnell, Sera! Schlag die Tür zu! [*Ruft Cas, während er unter dem Bett vorkriecht*]

S: [*Die beiden fallen sich in die Arme*] Wir haben es geschafft. Er ist weg. Es war Rettung in letzter Sekunde. Die Göttin war uns treu. Unsere Liebe wird beschützt von den höheren Mächten. Nichts kann uns trennen.

C: Das stimmt. Die Götter sind mit uns. Aber das heißt auch, sie werden mich beschützen, wenn ich wieder rausgehe. Mit diesem Schutz kann mir nichts passieren. Ich werde mit meinen Brüdern und Schwestern die Barrikaden erklimmen und wir werden die Armee besiegen. Denn wir sind das Volk. Wir sind mehr als die Armee.

S: [*Klammert sich an ihn, aber er löst sich von ihr und geht*] Geh nicht, Cas! Es ist Wahnsinn. Sie haben Gewehre und Panzer. Du bist unbewaffnet, während sie Helme und Schutzwesten tragen. Die Rebellion hat keine Chance. Sie sind alle verloren. Es ist unmöglich, die Armee zu besiegen.

C: [*Dreht sich noch einmal um, gibt ihr einen Kuss, ehe er geht*] Die Götter werden uns zum Sieg führen. Vertrau auf die Götter, Sera. Sie sind mit uns und darum können wir alle besiegen.

S: [*Klammert sich an ihn*] Cas! Du bist alles, was ich habe. Ich brauche dich!

C: Unsere Liebe wird bis in alle Ewigkeit halten! [*Reißt sich los und knallt die Tür beim Rausrennen zu*]

S: [*Geht zum Fenster. Man hört Explosionen. Sie sinkt aufs Fensterbrett. Es wird abgedunkelt. Einige Momente ist es ruhig. Dann hört man Gewehrsalven von automatischen Waffen. Menschen schreien. Dann hört man Explosionen und sieht im Hintergrund die Blitze der Explosionen. Rotes Licht. Mehrere Leute stürmen über die Bühne. Einige in Zivilkleidung mit Messern und Pistolen, aber auch Soldaten in Uniform. Dann kommt einer zur Tür und hämmert*]

A: Sera! Mach auf. Ich bin's Andre. [*Drinnen ist wieder Licht. Sera öffnet die Tür*]

S: Andre! Wie siehst du aus? Dein Gesicht ist schmutzig und deine Sachen zerrissen. Was ist passiert?

A: [*Kommt herein, schlägt die Tür zu. Starrt paranoid aus dem Fenster, ehe er Sera antwortet*] Es war schrecklich. Wir haben uns auf dem Platz der Freiheit versammelt. Wir waren viele. Ich habe nie gewusst, wie viele zu unserer Sache stehen. Es müssen mehr als viertausend gewesen sein. Viele waren bewaffnet. Die meisten hatten nur Messer, Schwerter und Keulen. Aber einige kamen auch mit Pistolen und Gewehren. Und die Jungs vom Norden hatten Kanister mit Benzin und Flaschen angeschleppt und bastelten Molotowcocktails. Wir alle glaubten, wir wären unbesiegbar.

S: Niemand kann die Armee besiegen.

A: Die Armee hat nur ein Bataillon in der Stadt. Das sind nur fünfhundert Mann und dann sind da noch die

Hundertschaften der Polizei. Aber auch die waren kein Problem. Denn viele haben sich aus Protest krankgemeldet, weil ihre Familien sie gezwungen haben, nicht auf die eigenen Leute zu schießen.

S: Es bleibt Wahnsinn!

A: Es bleibt Wahnsinn, aber uns blieb keine Wahl, denn was die Regierung macht, ist größerer Wahnsinn. So waren wir da; tausende von uns und die Stimmung war erhitzt.

S: Erzähl mir nicht von den Vielen, erzähl mir nur warum Cassian nicht bei dir ist.

A: Dieser Teufelskerl!

S: Cas ist kein Teufelskerl.

A: Er ist ein Teufelskerl und er ist der Mann der Stunde. Als die Menge unruhig wurde, war er es, der auf einen Brunnen kletterte. Dann begann er zu schreien. Erst hörte ihm niemand zu, aber dann begannen die ersten sich umzudrehen. Cas schrie noch lauter. Er rief nur ein Wort und er wurde immer lauter. Nach und nach drehten sich immer mehr Leute zu ihm um.

S: Welches Wort war es?

A: Jetzt!

S: Jetzt? Was meinst du mit jetzt?

A: [*Greift erregt nach ihrer Schulter*] Dieser verrückte Hund schrie einfach nur: jetzt. Er schrie es immer und immer

61

wieder. Alle guckten ihn an und wurden ruhig. Doch dann setzte ein leises Grummeln ein. Erst war es ganz leise. Die meisten von uns waren Männer und es wirkte wie ein tiefer Bass, der im Hintergrund spielte. Dann wurden wir lauter. Cas war unser Vorsänger und wir stimmten mit ein. Aus tausend Kehlen riefen wir: jetzt. Es war unheimlich. Ich habe noch nie so viele Menschen ein Wort rufen hören. Und dann geschah etwas. Wieder war es Cas, der es dirigierte.

S: Er dirigierte sie ins Unheil!

A: Ja, aber das konnte wir da noch nicht wissen. Er rief weiter jetzt. Dazu winkte er mit seiner Hand in die Richtung des Parlaments. Ein Ruck ging durch die Menge, nachdem er es ein paarmal gerufen hatte. Wie eine Schlange bewegte sich die Masse. Die Masse begann sich langsam in Bewegung zu setzen. Als es alle mitbekamen, begannen alle zu schreien. Dann marschierten wir, getragen von Cas, der hinter uns weiter wie ein Löwe brüllte.

S: Aber du bist hier und er nicht.

A: [*Wird ernst und ruhig*] Ich glaube nicht, dass er jemals wieder kommen wird.

S: [*Sinkt auf die Knie und schluchzt*] Sag das nicht! Das kann nicht sein. Ich habe zur Göttin gebetet. Sie muss ihn beschützen, damit er zu mir zurückkommt.

A: [*Blickt traurig zu ihr, legt ihr die Hand auf den Kopf*] Es zerreißt auch mein Herz. Dich so zu sehen und zu wissen, dass Cas nie wieder in deinen Armen schläft, ist das Schlimmste, was dieser Krieg anrichten konnte.

S: Geh!

A: Was sagst du?

S: Ich muss allein sein, Andre. Mein Herz blutet. Meine Tränen rollen und bilden einen Fluss wie der Ganges, aber ohne die Magie alles heilen zu können. Ich muss allein sein. Ich muss meine Göttin anrufen. Sie muss mir Cas zurückbringen.

A: Bette zu den Göttern Sera. Mögen sie seine Seele beschützen und sicher durch die Unterwelt führen.

S: Rede nicht so! Geh! Lass mich allein! [*Stößt ihn vor sich her, bis er aus der Tür raus ist. Sie knallt die Tür hinter ihm zu und lehnt sich mit dem Rücken dagegen*]

Wo ist mein Cas? Diese Welt hört für mich auf. Aber was ist wahr? Ich spüre, dass mein Herz noch schlägt. Es schreit noch nicht. Wie kann das sein? Wenn er tot ist, dann müsste es schreien oder sich im Todeskampf winden. Es schmerzt, doch dieser Schmerz kann nicht der Schmerz des Todes sein.

[*Gewehrsalven sind zu hören. Explosionen von Granaten und Bomben. Sera erschrickt. Sie sinkt in sich zusammen. Bei jeder*

Explosion zuckt sie erneut zusammen. Dann faltet sie die Hände und sinkt mit ihrer Stirn auf die Fingerspitzen]

S: Hat ihn diese Explosion zerfetzt oder war es eine der Kugeln aus den Gewehren der Armee? Die Welt der Männer werde ich nie verstehen. Aber ich fühle es. Es schmerzt, weil sie glauben, Probleme mit Gewalt lösen zu können. Nie hat das funktioniert. Es führt nur in die legendäre Spirale und am Ende stehen wir Frauen am Straßenrand und pflücken Blumen für die Gräber unserer Männer. Jeder Generation geht das so. Meine Oma hat mir erzählt, wie mein Opa starb und sie meine Mutter allein großziehen musste. [*Streichelt sich über den Bauch*] Er weiß es noch nicht. Vielleicht wird er es nie erfahren, weil er mit einem Loch in der Brust hinter der Barrikade liegt.

[*Geht zum Bett und kniet sich davor hin. Im Hintergrund hört man Kampfgeschrei und Gewehrschüsse. Einige laufen über die Straße und schießen. Sera blinzelt zum Fenster, dann faltete sie die Hände*]

S: Oh Göttin. Erhöre mein Flehen! Du warst mir immer gewogen. Jetzt, in meiner dunkelsten Stunde, brauche ich dich mehr als jemals zuvor.

[*Plötzlich erhebt sie sich und holt eine alte Holzkiste. Sie klappt sie auf. Alte Kerzenständer, eine Decke, ein Kelch, Schamanentrommel und ein Stück Kreide*]

S: Ich male das Pentagramm, wie es die Hexen in alter Zeit getan haben, um den Gehörnten zu Hilfe zu rufen. [*Sie malt ein großes Pentagramm mit der Kreide*] Der Kelch soll mit rotem Wein gefüllt sein. War es in der alten Zeit Blut, um den Gehörnten zu erfreuen, so wähle ich den roten Wein. Denn meine Göttin will kein Blut. Sie liebt das Tanzen. Wie viele Träume hatte ich, in denen sie auf einem Feld mit uns Jüngerinnen tanzte. Wir kreisten frei, alle Fesseln dieser kranken Gesellschaft waren gelöst. Da war nur Liebe und echtes Vertrauen. Die Decke kommt in die Mitte des Pentagramms und die Kerzen kommen in die Mitte und an die Spitzen des heiligen Sterns. [*Stellt die Kerzen auf und zündet sie an*] Alles, was noch fehlt, ist ein Bild von Cas. In der Mitte des Pentagramms ist die Macht der Magie am stärksten. [*Sie holt ein Bild von Cas. Sie geht zur Mitte des Pentagramms. Einige Zeit betrachtet sie das Bild. Dann stellt sie es in die Mitte. Sie hängt eine Decke vors Fenster und löscht das Licht. Dann tritt sie vor das Pentagramm*]

Oh meine Göttin und du große Muttergöttin. All ihr Götter und du magischer Phallus des Gehörnten. Hört eure treue Dienerin. Erhört meinen Schmerz. Es brennt in mir. Nie war mein Land dunkler und die Stimmung aufgeheizter. Aber ich bin nur eine kleine Frau und mein Cas ein einfacher Mann. Die große Politik hat mit unserem Leben nichts zu tun. Das ist etwas für die Eliten und Rebellen. Auch, wenn Cas auch dort ist. Er ist kein Rebell. Er ist nur ein junger Wilder, der dabei sein will.

[Dann holt sie sich die Schamanentrommel, stellt sich vor das Bild, das auf der Decke in der Mitte des Pentagramms liegt. Im Hintergrund hört man Schüsse und Explosionen]

S: Oh Göttin! *[Trommelt und singt im Sprechgesang mehrmals]* Meine Göttin. Oh, bring mir meinen Cassian zurück. Oh Göttin. Meine Göttin. Beschütze meinen Cassian, wo auch immer er ist.

[Sie trommelt einige Zeit zum Krach des Krieges. Nach längerer Zeit wird sie leiser. Dann sinkt sie auf die Knie vor dem Bild, nimmt das Bild an ihre Brust und murmelt etwas. Das macht sie längere Zeit. Bis es laut klopft. Dabei sollte am besten vermieden werden, dass jemand sieht, wie sich die Person der Tür genähert hat]

S: *[Schreckt hoch]* Was? Wer? Bist du das Göttin? Ist das dein Zeichen? Das reicht nicht. Erst, wenn ich in Cas Armen liege, kann ich wieder ruhen.

C: *[Hämmert erneut]*

S: Es klingt nah, aber es sind sicher nur die Verrückten, die sich gegenseitig umbringen. Diese Wahnsinnigen, deren Mütter weinen. Noch eben haben sie als Knaben im Buddelkasten gespielt und im Sommer zusammen geplanscht und jetzt haben sie vergessen, dass wir zusammengehören.

C: [*Klopft erneut, dann ruft er, als ob er verletzt und geschwächt ist*]
Seerraa!

S: Cas? Göttin? Spielst du ein Spiel mit mir? Das ist seine
Stimme, aber sie ist es auch nicht. Dieser Klang; als ob er
gebrochen ist. Mein Cas ist stark, frei und unbeugsam. Seine
Stimme ist einem Löwen gleich.

C: [*Hämmert lauter*] Sera. Beeil dich! Sie kommen! Schnell!

S: [*Rennt zur Tür und reißt sie auf*] Cas! Du lebst! Komm rein.
Das Kriegsgeheul ist schrecklich.

C: [*Sie stürmen nach innen. Cas schließt die Tür ab und sorgt dafür,
dass das Fenster nicht einsehbar ist*] Ich lebe Sera. Noch! Aber es
ist ein Wunder. Wieder waren die Götter mit mir, während
meine Brüder neben mir fielen. Es war ein Massaker. Etwas
wie das hat es noch nie gegeben. Ich bin froh, überlebt zu
haben.

S: Andre war hier. Er sagte, du wärst tot.

C: Er musste das glauben. Was konnte er anderes glauben
meine geliebte Sera? Blut und Leichen waren überall und wir
mittendrin. Ich sah Andre. Ich lief mit ihm eine Weile
Schulter an Schulter. Dann schlugen die Granaten der Armee
ein und wir stürmten auseinander. [*Redet hektisch*] Neben mir
riss es einem Mann den Arm ab. Ich sprang ihm zu Hilfe.
Mit einem anderen verbanden wir seinen Arm notdürftig.
Dann stützte ich ihn und wir schleppten uns davon.

S: Du bist ein Held, Cas!

C: Niemand heute war ein Held. Es war Wahnsinn. Ein echtes Himmelfahrtskommando. Niemand von uns hat das je gesehen. Niemand von uns hätte mit dieser Gewalt gerechnet. Wie man es auch nimmt. Die Soldaten sind alles Männer aus dem Volk. Keiner hätte mit ihrer Kaltblütigkeit gerechnet. Noch ehe ich den Rand des Platzes erreicht hatte, begannen sie Salve in die Menge zu schießen. Sie zielten nicht. Nein! Es waren auch keine Warnschüsse. Sie schossen ohne Gnade in die Menge. Ich schleppte den Armlosen weiter und hoffte auf mein Glück. Dann zuckte er und ich brauchte einen Moment, ehe ich begriff. Ein paar Kugeln hatten seine Brust zerfetzt. Krater klafften und dann sackte er zusammen.

S: Hass mich nicht, aber mich interessiert nur deine Brust. Solange die heil ist, ist meine Welt heil. [*Klammert sich an Cassians Brust*]

C: [*Nimmt ihre Hände zwischen seine*] Viele unserer Brüder und Schwestern starben. Die Armee kannte keine Gnade. Selbst jene, die fliehen wollten, wurden von den Kugeln zerfetzt.

S: Niemals würde die Armee unseren Leuten in den Rücken schießen.

C: [*Fast sie fester an*] Sera, wach auf! Dieses Land ist nicht mehr das Land unserer Kindheit. Alles geht den Bach runter. Die Rufe nach Veränderung gären überall im Land. Wir brauchen einen Wandel, aber die Regierung kennt nur einen Weg und der heißt Gewalt. Sie haben ihre Armee und ihre Pfründe, aber ob die Kinder des Volkes genug Brot haben, ist ihnen egal. Denn geht ihnen das Brot aus, dann essen sie Kuchen. Sie fühlen nicht, was wir fühlen. Sie wissen nicht, wie es uns geht, weil der Graben immer größer wird.

S: Cas du redest wirr. Ich sehe nur deine Wunden und deine zerrissenen Kleider. Ich will nicht, dass du je wieder rausgehst und mit ihnen kämpfst. Du hast deine Pflicht erfüllt. Niemand kann dir etwas vorwerfen. Du bist um Haaresbreite dem Scharfrichter entkommen. Noch einmal werden die Götter dein Leben nicht verschonen.

C: Sera, wenn wir nicht siegen, dann werden die Mächtigen unsere Liebe ersticken. Denn der Hauch von Freiheit, den wir noch haben, in dem unsere Liebe gedeiht, den werden sie vergiften und austrocknen. Glaube mir: Dieser Kampf ist auch der Kampf für unsere Liebe.

S: Selbst, wenn du recht hast, kann ich dich nicht gehen lassen!

C: Ich spüre meine Kräfte zurückgekehrt und ich fühle meine Brüder und Schwester ausharren auf den Barrikaden.

Auch, wenn die Armee viele zurückerobert hat, noch haben wir Posten und die müssen wir halten. Denn wenn wir das schaffen, werden es die anderen sehen und uns zu Hilfe eilen.

S: Willst du sterben?

C: Ich will leben und um zu leben, muss ich kämpfen.

S: Ich will nicht kämpfen.

C: Ich bin ein Mann. Darum muss ich kämpfen. Es liegt mir im Blut. Es ist meine Natur. Das Feuer des Helden brennt in meinen Venen.

S: Du wirst als Held sterben.

C: Die Götter werden mich beschützen. Sie haben mich zweimal gerettet. Ich spüre, sie werden es ein drittes Mal tun.

S: Die Götter schützen dich für immer. Aber für Narren, die sich immer wieder blind in ihr Verhängnis stürzen, haben sie kein Verständnis!

C: [*Küsst Sera*] Ich habe keine Wahl. Es gibt den Ruf der Gerechtigkeit. Der verpflichtet mich. [*Geht zur Tür. Sera stellt sich ihm in den Weg, er schiebt sie zur Seite. Von draußen nähern sich drei dunkle Gestalten*]

So: Aufmachen! Wir wissen, dass er hier ist!

C: [*Fast an der Tür, schreckt zurück*] Wer?

S: Er ist es!

C: Der Soldat?

S: Ja! Er ist zurück. Warte. [*Schaut aus dem Fenster*] Er ist nicht allein und sie sind bewaffnet.

So: Machen sie auf! Wir wollen nur ihn. Wenn sie kooperieren, dann passiert ihnen nichts.

S: Woher wissen sie, dass du bei mir bist? Ich habe es ihm nicht erzählt.

C: Sie müssen mich gesehen haben, als ich mich zu dir geschleppt habe.

S: Cas, sie sind zu dritt. Du bist verletzt. Sie werden dich verhaften.

C: … und dann werden sie mich standrechtlich erschießen. Die Gerüchte gingen herum. Die Armee soll das Kriegsrecht ausgerufen haben. Jeden, den sie gefangen nehmen, stellen sie vor ein Schnellgericht. Wenn sie glauben, dass er bei den Aufständen dabei war, dann wird er an die Wand gestellt und dann … [*Kurze Stille. Sie nimmt ihn erschrocken in den Arm*]

S: Komm unters Bett! Es hat einmal geklappt. Falls die Göttin dich beschützt, klappt es wieder.

C: Sera, wir hatten einmal Glück. Aber glaubst du, drei Soldaten lassen sich von solch einer Scharade ein zweites Mal täuschen? Das sind keine Dummköpfe und sie sind sauer. Denn sie haben nicht nur unsere Leute getötet. Einige unserer Steine und Molotowcocktails haben auch einige

Soldaten das Leben gekostet. Sie wollen Rache und werden nicht ruhen, ehe sie Blut fließen sehen.

S: Ich locke sie rein und lenke sie ab. Dann kannst du dich an ihnen vorbeischleichen und wegrennen.

C: Wäre ich nicht verletzt, würde ich laufen und sie würden nichts als mein Hinterteil sehen. Aber in diesem Zustand habe ich keine Chance. Ich bin ein toter Mann, Sera.

S: [*Klammert sich an ihn*] Nein! Sag das nicht. Ich habe zur Göttin gebetet. Sie wird uns beschützen.

C: Aber auch der Gott der Soldaten hat Macht. Die Priester der Armee haben auch gebetet. Glaubst du, deine Göttin kann es mit ihrer Macht aufnehmen?

S: Der Gott der Armee ist ein Gott des Buches. Darum ist er so kalt gegen die Menschen. Meine Göttin ist eine Göttin der Herzen. Sie hilft in der Not und beschützt die wahren Liebenden.

C: Ich liebe dich Sera! [*Küsst sie*] Keine Macht der Welt kann uns noch retten. Aber wenn ihre Kugeln mich durchsieben, werde ich in Gedanken bei dir sein und wenn der Tag gekommen ist, werden wir uns in der nächsten Welt wiederfinden. Dann wird unsere Liebe unsterblich sein.

S: Wenn sie dich töten, will ich auch nicht mehr sein. Sie sollen mich auch mitnehmen. In deinen Armen zu sterben, ist der schönste Tod, den ich mir vorstellen kann.

C: Meine Geliebte, [*Küsst sie erneut*] ist das unser Ende?

So: [*Hämmert laut*] Aufmachen! Sonst brechen wir die Tür auf!

S: Was sollen wir tun, Cas?

So: Aufmachen! [*Hämmert lauter*]

C: Wir haben keine Wahl. Wenn ich mich ergebe, lassen sie dich vielleicht in Ruhe!

So: Das ist die letzte Warnung! [*Hämmert heftig*]

S: Selbst in den letzten Stunden bist du ein Held. Aber ich meine, was ich sage. Ohne dich will ich nicht leben.

So: [*Ruft laut*] Aufmachen. [*Zu seinen Männern*] Brecht die Tür auf! [*Die beiden beginnen sich mit der Schulter gegen die Tür zu werfen*]

S: Cas, sie brechen die Tür auf!

C: Komm Sera, hilf mir!

S: Wobei?

C: Wir schieben die Kommode vor die Tür. Sie ist schwer. Vielleicht hält sie das auf.

[*Die Soldaten werfen sie gegen die Tür. Sera und Cas schieben die Kommode vor die Tür und stapeln alles vor der Tür, was sich im Zimmer bewegen lässt*]

So: Ich höre sie, Männer. Sie verbarrikadieren die Tür. Aber keine Barrikade wird die Armee aufhalten. Strengt euch mehr an. Ich will diese Rebellen an der Wand sehen und hören, wie sie um ihr Leben betteln.

S: Die Tür bewegt sich, aber sie scheint zu halten.

C: Komm! Wir schieben auch das Bett vor die Tür. Je mehr wir gegen die Tür stemmen, desto schwerer wird es ihnen fallen, zu uns reinzukommen.

[*Holen das Bett und verrammeln die Tür. Der Soldat geht auf und ab und sieht seinen Männern zu. Dann beginnt er zu resignieren*]

So: Wartet! Sie haben die Tür verstellt. Auf diesem Weg werden wir es nicht schaffen. Aber wartet. Ich habe eine bessere Idee!

[*Soldat geht zum Fenster und schlägt es mit seinem Gewehrkolben ein. Die Soldaten gucken durchs Fenster*]

So: Da sind sie. Seht ihr diese Verräterin? So eine wunderschöne, junge Frau, doch sie hat ihr Land verraten. Was für eine Schande!

S. Wie könnte Liebe jemals eine Schande sein?

C: Lass es Sera, diese Männer haben ihre Seelen verkauft. Ihre Herzen sind kalt wie Stahl, außer der Macht der Gewalt kennen sie nichts.

So: Hört, wie sich die Rebellen alles zurechtlegen. Sie haben unser Land verraten, gemordet und geplündert. Aber wir werden ihnen den Gar ausmachen.

C: Ihr seid die, die das Volk verraten haben. Viele haben nicht mehr genug zu essen. Kinder hungern und zugleich wisst ihr, wie viel Geld die Regierung auf ausländische Konten gebracht hat. Das Geld haben sie uns geraubt. Auch euch! Hört ihr mir zu? Wir sind ein Volk, legt eure Waffen nieder, zieht die Uniformen aus. Zusammen können wir sie stürzen und die Gerechtigkeit zurückholen.

ZS: Es stimmt, was er sagt. Sie rauben unser Geld und wir leben am letzten Tropf.

So: [*Gibt dem Soldaten eine Schelle gegen den Kopf*] Lass dir von diesem Pack nicht den Kopf verdrehen, Soldat. Verrate deine Uniform nicht, sonst bist du der nächste, den ich an die Wand stelle. Verräter haben nur eins verdient und das ist eine Kugel.

ZS: [*Salutiert*] Jawohl!

C: Unser Volk darbt. Höre nicht auf ihn. Du hast Brüder und Schwestern, Vater und Mutter und sicher auch Kinder. Steh zu unserem Volk, statt zu diesen korrupten Dieben.

So: Noch ein Wort und ich schieße dir und deiner kleinen Madame ein Loch in den Bauch.

S: Er ist wahnsinnig!

C: Das sind viele von ihnen. Für ein paar Kröten haben sie vergessen, zu welchem Volk sie gehören und wen sie wirklich schützen sollen.

So: Los Männer! Klettert rein und holt mir diesen Verrückten. Ich will, dass er mir den Dreck von den Sohlen leckt. [*Die Soldaten helfen sich hoch und versuchen durchs Fenster reinzuklettern*]

S: Cas, sie kommen!

C: Ich sehe es. Komm, Sera!

S: Wohin?

C: Nicht wohin Geliebte, sondern womit. Wir nehmen alles, was wir haben und werfen es auf sie, bis sie aufgeben und uns in Ruhe lassen.

[*Die beiden nehmen Kissen und Bettdecken*]

S: Das bringt nichts. Sie wehren alles ab.

C: Das war nur zum Warmwerden. Gib mir deine Vasen und ich schleudere sie ihnen gegen den Kopf.

S: Meine Vasen? Ich hänge an den Dingern. Sie sind Geschenke meiner Großmutter.

C: Ich weiß, Sera! [*Küsst sie*] Aber wir müssen um unsere Liebe kämpfen. Wenn sie mich kriegen, dann werde ich standrechtlich erschossen und dann wirst du nie mehr glücklich werden.

S: Nie mehr! Ohne dich würde jeder Tag auf Erden die leibhaftige Hölle sein. Hier nimm die Vasen und ziele gut.

C: Versprochen, mein Herz!

ZS: Ah! Dieser Mistkerl.

So: Heul nicht rum Soldat. Schmerz ist etwas für Weicheier. Los! Kletter und hol ihn mir.

ZS: Aber das ging direkt auf meinen Kopf und da kommt schon das nächste Geschoss.

So: [*Wehrt die Vase ab*] Dieser vermaledeite Bastard wird es büßen, sobald wir ihn haben. Und du klettere, sonst hänge ich dich wegen Befehlsverweigerung.

ZS: Jawohl! [*Klettert, aber wird sofort wieder von einer Vase getroffen, weicht benebelt zurück*]

So: Na warte! [*Geht zum Fenster. Cas Vase verfehlt ihn. So legt an und schießt. Schuss verfehlt Sera knapp*]

C: Sera?

S: Cas, sie werden uns erschießen!

C: Ehe sie dich erschießen, fange ich die Kugel mit meinem Herzen.

So: Das ist deine letzte Chance! Komm raus und wir nehmen nur dich mit oder verschanzt euch weiter und wir durchsieben die Wohnung mit unseren Kugeln.

S: Cas?

C: Sera!

S: Was sollen wir tun?

C: Diese Monster lassen mir keine Wahl. Ich werde mich ihnen ausliefern und auf ein Wunder hoffen.

S: Geh nicht!

C: Dann sterben wir beide.

S: Ich sterbe gern mit dir. Das ist besser, als allein weiterzuleben.

C: Nein, Sera. Du bist jung. Du hast nichts falsch gemacht. Ich habe rebelliert und sie sind meinetwegen hier. Ich kann nicht ruhigen Gewissens zulassen, dass dein Leben wegen meines Fehlers verwirkt ist.

S: [*Klammert sich an ihn*] Geh nicht!

So: Die Uhr tickt!

C: [*Ruft wütend*] Ich komme, gebt mir ein paar Minuten, um mich zu verabschieden.

So: Zwei Minuten, sonst bricht ein Stahlgewitter über euch herein.

S: Zwei Minuten?

C: Unsere letzten Minuten, Sera. Wie sehr haben wir von einer Zukunft geträumt. Von Sommern, in denen wir Hand in Hand durch die Felder stromern und uns ein Bett im Kornfeld bauen.

S: Nein Cas. Es muss einen Ausweg geben. Geh nicht! Lass uns kämpfen.

C: Ich wäre zu jedem Kampf bereit. Aber nicht, wenn ich dadurch dein Leben gefährde.

S: Ohne dich will ich nicht leben.

C: [*Nimmt sie in den Arm*] Sera, du wirst leben und mich in deinem Herzen tragen. Solange du dich an mich erinnerst, wird unsere Liebe fortleben.

So: Wird´s bald oder sollen wir deiner Freundin eine Kugel verpassen?

C: Ich komme! [*Räumt die Tür frei, dann öffnet er sie*]

S: Nein, Cas! [*Versucht ihn ein letztes Mal zu stoppen, aber er schüttelt sie ab und tritt vor die Tür*]

So: Guter Junge. [*Lacht und stößt Cas den Kolben seines Gewehrs in den Bauch. Der sackt zusammen*]

S: Cas! Nein! [*Rennt zu ihm, aber der zweite Soldat hebt sein Gewehr, zielt auf sie und sie stoppt*]

So: Wage es nicht, uns mit deinem Geschrei in unserer Pflicht zu stören, Weib. Sonst erschieße ich deinen kleinen Rebellen sofort und wir sparen uns das Strafgericht. Und hab keine Sorge, du wirst nicht lange einsam sein. Sobald er tot ist, komme ich dich besuchen.

C: Du Schwein! [*Springt hoch und will den Soldaten angreifen. Aber die anderen Soldaten halten ihn fest und der erste Soldat knallt ihm wieder den Kolben seines Gewehrs in den Bauch*]

So: Benimm dich Jungchen oder willst du, dass deine kleine Freundin miterlebt, wie du vor ihren Augen ausblutest?

C: [*Stöhnt vor Schmerzen*]

So: Abführen!

S: Nein!

So: Schweig, Weib!

S: [*Fällt auf die Knie, faltet die Hände und betet*] Oh Göttin meines Herzens. Der Mann meines Herzens wird mir entrissen. Ich war immer deine treue Dienerin. Im Tempel habe ich jede Woche Blumen vor deine Statue gelegt. Jetzt bin ich in größter Not. Dies könnte die dunkelste Stunde meines Lebens sein. Denn wenn ich Cas verliere, ist mein Leben verwirkt. Bitte Göttin. Deine demütige Dienerin braucht deine Hilfe. Bitte rette Cas!

[*Es donnert und blitzt plötzlich am Himmel*]

ZS: Ein Unwetter zieht auf.

So: Komisch, eben wirkte der Himmel noch ruhig.

[*Das Grummeln wirkt lauter und Gewehr und Granatfeuer sind zu hören*]

ZS: Die Kämpfe werden heißer.

So: Umso schneller müssen wir diesen Abschaum im Gefängnis abliefern. Unsere Leute brauchen uns, damit wir die Rebellion niederschlagen können.

S: [*Betet wieder*] Danke Göttin. Ich sehe dein Zeichen und verneige mein Haupt vor dir als deine demütige Dienerin. [*Neigt ihr Haupt auf den Boden*] Aber noch ist er in ihrer Gefangenschaft. Bitte Göttin. Befreie meinen Cassian aus den Händen der Armee!

So: [*Dreht sich um*] Das Weib betet. Als ob die Götter einer solchen Schlampe ihr Gehör schenken würden. [*Lacht*]

ZS: Die Götter sind mächtig. Niemand weiß, wem sie ihre Gunst schenken werden.

S: [*Betet energischer*] Göttin! Deine treue Dienerin ruft dich. Bitte erhöre mich. Mein Herz blutet und es wird für den Rest meines Lebens bluten, wenn ich meinen Cassian verliere. Göttin erhöre mich: Rette Cas!

[*Es donnert und blitzt. Gewehrfeuer und die Einschläge von Granaten und Raketen sind zu hören. Plötzlich kracht ein Stück metallisches Gerät auf die Bühne*]

So: Ah!

ZS: Was ist das?

So: Es hätte mich fast getroffen. Wartet! [*Guckt es sich genau an*]

C: Der Himmel will euch etwas sagen!

So: [*Schlägt Cas ins Gesicht*] Schweig Abschaum! Ich weiß genau, was das ist. Das hat nichts mit den Göttern zu tun. Das ist das Teil einer abgeschossenen Rakete. So etwas gibt es in jedem Krieg.

S: Danke Göttin für dein Zeichen. [*Verbeugt sich, bis ihr Kopf den Boden berührt*] Aber noch reicht es nicht. Er muss frei kommen, denn sonst werden ihn diese Mörder erschießen und ich werde einsam und allein mein Leben verbringen müssen. Bitte hilf deiner treuen Dienerin und rette das, was mir am wichtigsten ist.

[*Es donnert und blitzt wieder. Gewehrfeuer ist zu hören. Es rumpelt laut. Dann fällt wieder etwas vom Himmel. Es sind zwei Teile. Doch diesmal trifft es die beiden Soldaten*]

So: Ah! Männer? [*Geht zu den beiden und schüttelt ihre leblosen Körper*]

C: Deine Leute sind tot. Die Wrackstücke stammen von euren Raketen. Das Blut klebt an euren Händen.

So: Schweig! [*Holt mit dem Kolben aus und schlägt ihm damit ins Gesicht*]

C: Ah!

S: [*Läuft zu Cas und kümmert sich um ihn*] Cas, hast du Schmerzen?

C: Dich zu spüren, ist der beste Balsam. Unsere Liebe kann nichts mehr trennen. Sieh dir diese Soldaten an. Die Götter haben sie besiegt, um uns zu retten.

So: Ihr denkt, eure Liebe wäre stärker als die Armee. Ich werde euch zeigen, wer die Macht im Land ist.

S: [*Schreit ihn an*] Niemals! Die Göttin ist mit uns. Du kannst uns nichts mehr antun.

So: [*Legt sein Gewehr an und zielt auf die beiden*] Glaubt ihr, eure Liebe ist mächtiger als meine Kugeln. Ich muss einmal meinen Finger krümmen, um mein Magazin in eure verliebten Körper zu entleeren. Dann wird von eurer Liebe nichts bleiben als ein dreckiger Fleck Blut.

C: So schlimm bist selbst du nicht!

So: Deine Kleine gefällt mir, aber sie würde mich nie lieben. Aber ich bin kein Monster. Küsst euch ein letztes Mal, ehe ich euch in die nächste Welt schicke.

S: Nein!

So: Tut es oder sterbt so!

C: Sera: Ich liebe dich.

S: Cas! Das darf nicht sein.

C: Sieh in den Lauf seines Gewehrs. Diese Leute kennen keine Gnade. Unser letzter Moment ist schneller gekommen, als wir je geträumt hätten. Unser Kuss wird unsere Liebe unsterblich machen. Lass uns den Göttern zeigen, wie grenzenlos unsere Liebe ist.

S: Cas?

C: Sera!

S: Ich liebe dich, Cas.

C: Im Tod werden wir unsterblich sein. Dann kann uns keine Regierung jemals wieder trennen!

S: Für immer …! [*Küssen sich*]

So: Euer Gesäusel ist unerträglich. [*Hebt den Lauf seines Maschinengewehrs und zielt auf die beiden*] Wahrscheinlich tue ich der Welt einen Gefallen, wenn ich sie von eurem romantischen Geschleime befreie.

[*Peng*]

S: Ah!

C: Sera?!

S: Cas, der Knall! Da ist Blut in deinem Gesicht. Du stirbst!

C: Aber ich spüre nichts.

S: Das Blut ist überall!

A: Beruhigt euch!

C + S: Andre!?

A: Hey Leute, für diesen Dienst sollten schon mindestens sieben Bier rausspringen.

S: Was machst du hier?

C: Wo kommst du her?

A: Ist das alles, was euch dazu einfällt. Guckt euch lieber diesen toten Abschaum an. [*Tritt mit dem Fuß gegen die Leiche des Soldaten*]

C: Du hast uns gerettet!

A: Schön, dass euch das auffällt. Wie könnte ich meinen Bruder sterben lassen? Nachdem ich dich einst auf dem Platz beim Aufstand nicht schützen konnte, habe ich heute meinen Fehler wiedergutgemacht.

S: [*Steht auf, rennt zu Andre, springt auf ihm und küsst seine Wange*] Die Göttin hat dich geschickt!

A: Meine Füße haben mich getragen, aber es gibt wohl nichts, bei dem die Götter nicht ihre Hände im Spiel haben.

S: Ich habe zur Göttin gefleht. Sie hat mein Flehen erhört und meinen Cas gerettet! [*Fällt Cas in die Arme*]

[*Ende 2. Akt*]

3. Akt: Zeichen

P: Ich sehe Zeichen. Aber ist das, was ich sehe, das, was da ist oder bin ich verrückt? [*Nimmt eine gläserne Vase vom Boden und schmeißt sie gegen die Wand*]

Po: Du! Spinnst du? [*Drängt ihn gegen die Wand und dreht ihm den Arm auf den Rücken*]

P: Ah! Tut mir leid. Ich weiß nur nicht mehr weiter und musste mir Luft machen!

Po: Reiß dich zusammen und dann erzähl mir, wo dein Schuh drückt.

P: Auch wenn du eine Uniform anhast, so sind wir doch alle Brüder. Sei mein Bruder und höre, was mich so sehr verwirrt. [*Sie setzen sich*]

Po: Mein Ohr ist dein.

P: Sieh, ich bin ein ganz normaler Typ. Was ich dir gleich erzähle, klingt verrückt, aber ich schwöre dir nichts, als die Wahrheit zu sagen.

Po: Mein neuer Bruder; ich glaube dir!

P: Selten trifft man dieser Tage Menschen, die noch wissen, was Brüderlichkeit ist. Die Welt hat sich verraten und für mich, der ich bin, wie ich bin und das ist jemand, der aus dem Herzen lebt, ist das besonders schwer zu ertragen.

Po: Ja, alle wollen nur Geld, Sex oder Ruhm; wahre Werte hat unser Land schon vor Jahren das Klo runtergespült.

P: Darum verkommt es auch.

Po: Ja Bruder; darum verkommt es. Ein glorreiches Volk, das nur noch ein Schatten seiner selbst ist.

P: Lass uns nicht patriotisch werden, mein Freund. Auch das wurde dieser Tage längst korrumpiert.

Po: Wohl wahr!

P: Höre den Grund für meinen Wahn, der mich zur Tobsucht treibt, wenn er mich nicht gerade latent depressiv macht wie einen Borderliner.

Po: Mein Ohr ist dein und mein Herz bei dir. Mit jedem deiner Worte spüre ich unsere Verbundenheit mehr.

P: Ich bin ein ruhiger Mensch. Vielleicht nur ein bisschen zu sehr der Kunst und Literatur zugeneigt. Ich habe ein normales Leben. Manchmal zu normal und mir fehlt ein wenig der Nervenkitzel. Aber wem nicht in diesen oberflächlichen Tagen?

Po: Das stimmt. Wir haben alles, nur Tiefe und echte Abenteuer gibt es nirgends zu finden.

P: Ich verließ mein Haus. Es war vor kaum zehn Wochen. In Gedanken stürmte ich den Weg zur U-Bahn lang, als es das erste Mal begann. Mein Blick streifte eine Werbeanzeige.

Po: Was ist daran erstaunlich? Es gibt keine Wand, die nicht damit tapeziert ist.

P: Warte; ehe du mich verurteilst!

Po: Meine Zeit ist begrenzt, also erzähl schneller!

P: Auf dem ersten Plakat stand Achtung. Es ging um einen Reiseanbieter und er warb für Flugreisen. In meiner Naivität guckte ich nach oben, um zu sehen, ob zufällig ein Flugzeug am Himmel flog. Und du glaubst nicht, was passiert ist.

Po: Was?

P: In diesem Moment kam eine Ladung Steine von oben angeflogen.

Po: Hat die ein Flugzeug abgeworfen?

P: Mach dich nicht über mich lustig! Alles, was ich dir erzähle, hat sich so zugetragen. Also pass auf! In dem Haus neben der U-Bahnstation wurde gebaut. Just in dem Moment als ich auf das Plakat sah, hatte ein Teil des Gerüsts nachgegeben und eine Ladung Ziegelsteine, die darauf gelegen hatte, raste nach unten. Panik ergriff mich und wie ein Irrer sprang ich zur Seite. Mit letzter Sekunde konnte ich den Steinen ausweichen. Neben mir krachten sie schallend zu Boden und zersprangen. Als ich hochguckte, bemerkte ich ein Dutzend Arbeiter, die mit weit aufgerissenen Augen nach unten starrten. Einer nuschelte etwas von Entschuldigung. Ich fluchte sie einmal an und drehte mich dann wieder zur Bahnstation um.

Po: Glück gehabt, sage ich mal.

P: Wenn es nur dieses eine Mal gewesen wäre, dann würde ich dir zustimmen. Aber damit ging der ganze Spuk erst los.

Po: Noch mehr Steine, die vom Himmel fielen?

P: Ich spüre, du glaubst mir noch nicht und auch ich habe zu diesem Zeitpunkt noch alles für normal gehalten. Es ging weiter, als ich aus der U-Bahn stieg. Ich kaufte mir einen Bagel und einen großen Latte. Als ich bezahlte, drückte mir der Verkäufer als Bonus ein kostenloses Los in die Hand.

Po: Sag nicht, du hast gewonnen? [*Lacht*]

P: Ich nicht, aber das Los.

Po: Gratuliere. Du bist reich!

P: Das Glück war mir hold, aber ich ein Zweifler.

Po: Ein reicher Zweifler! [*Lacht*]

P: Höre mir doch zu und dann lass dein Lachen nicht zu hämisch werden. Ich griff den Latte, den Bagel und das Los und hastete wieder raus. Ein armer, alter Mann mit einem schmuddeligen Hund grinste mich mit zahnlosem Lächeln und einem klimpernden Becher an. Ich bin ein guter Mensch. Er sah hungrig aus und es brennt mir jedes Mal in der Seele, wenn ich einem Armen nichts geben kann. Also jonglierte ich mit meinem Bagel und dem Kaffee und ließ das Los zwischen meinen Fingern in seinen Becher flattern. Er starrte mich erst an. Dann verschwand sein Lächeln und machte neugierigen Augen Platz.

Po: Sag nicht, was ich denke, was passiert ist …?

P: Ich lächelte ihn nur an und ging weiter. Irgendwie schaffte ich es, den Kaffeebecher an meinen Mund zu bringen und einen Schluck zu nehmen. Gerade als ich genüsslich runterschlucken wollte, erschrak ich. Ein verrücktes Lachen riss mich aus meiner inneren Hast. Ich drehte mich um und sah, wie der alte Bettler das Los in die Luft hielt. Er wedelte damit und schrie etwas, das ich nicht sofort verstand.

Po: Also doch! [*Lacht*]

P: Also doch. Ich lief zurück, verschüttete sogar meinen Kaffee, weil ich es nicht glauben wollte. Ohne zu zögern, riss ich dem Alten das Los aus der Hand und starrte es an.

Po: [*Schlägt ihm auf die Schulter und lacht*]

P: Zehntausend Euro hatte er gewonnen. Meine Zähne knirschten und ich war zerrissen. Meine linke Hälfte schrie, ich soll das Los nehmen und wegrennen. Aber dann meldete sich meine rechte Seite und zwang mich, den Alten anzusehen. Seine Klamotten waren schmutzig, sein Lächeln zahnlos und dann waren da diese traurigen Augen seines Hundes.

Po: Sag nicht, du bist schwach geworden wegen eines kleinen, schmuddeligen Hundes?

P: Hast du schon einmal in die Augen eines niedlichen Hundes geguckt? Ich konnte dem nicht standhalten. Wie in Zeitlupe musste ich zusehen, wie sich meine Hand in Richtung des Alten bewegte. Mit zittrigen Händen griff er nach dem Los und flüsterte ein leises Danke.

Po: Guter Mann! Wenn alle ein Herz wie du hätten, wäre ich bald arbeitslos.

P: Ja, mein Herz sitzt am rechten Fleck. Darum geht es mir nicht mehr gut. Denn ich weiß nicht, wie ich mit diesen verrückten Zufällen umgehen soll.

Po: [*Klopft ihm wieder auf die Schulter*] Mein Freund, deine nette kleine Geschichte hat mich amüsiert. Du hast wahrscheinlich recht. Es ist außergewöhnlich, aber in dieser verrückten Welt ist sie nicht anders als die Geschichten, die ich sonst so höre. Mach´s gut, mein Freund. Lass dich vom Wahnsinn der Welt nicht verrückt machen.

P: [*Schaut dem Polizisten hinterher, steht auf und tritt einen Stein durch die Gegend*] Keiner glaubt mir. Mein uniformierter Freund hält es nur für eine Kette von Zufällen. Aber ich habe zu viel gesehen und man kann mir viel nachsagen, aber nicht, dass ich nicht klar und logisch denken kann. Diese Art von Zufällen ist nicht mehr normal. [*Etwas knallt neben ihm auf den Boden*] Und wieder. Wer? Wer! Wer will mir etwas sagen?

AF: Vielleicht bist du am Rand der Matrix und kurz davor, die rote Pille zu schlucken.

Po: Was? Wer? [*Erkennt die alte Frau*] Oh, eine alte Frau. Ha! Du hast mich erschreckt.

AF: Ein Geist, der reif ist, erschrickt sich nicht.

P: Was? Hast du einen geraucht und was meinst du mit der Matrix?

AF: Vergiss das, Kleiner. Das sind Geschichten einer Zeit, an die sich kein Lebender mehr erinnert.

P: Außer dir, Alte?! Wie alt bist du denn, wenn du Geschichten aus der Urzeit kennst?

AF: Manche leben lange, andere werden älter. Aber kommen wir zurück zu deinen Sorgen. Du bist verzweifelt wegen einiger Zufälle oder haben sich meine Ohren getäuscht?

P: Deine Ohren funktionieren gut für dein Alter; nur dass es nicht nur ein paar waren. Seit mehreren Wochen verfolgen sie mich. Ich bin ein rationaler Mensch, aber es ist so extrem, dass ich beginne, an das Übersinnliche zu glauben.

AF: Vielleicht hat dich eine verhext! [*Lacht*]

P: Was? Wer?

AF: Eine Hexe, natürlich.

P: Hexen? Wer glaubt denn an so was? Wir sind hier nicht im Märchen oder irgendeinem komischen Buch über Magie für Teenager.

AF: Also bist du doch verrückt und brauchst dringend psychologische Hilfe?

P: Was? [*Schreit fast*] Nenn mich nicht verrückt. Alles, was ich sage, ist die Wahrheit. Ich habe es gesehen. Ich habe es gefühlt und andere auch. Es sind nicht nur meine Augen, die es sahen. Es war erst vor ein paar Tagen. Ich lief die Straße lang. Von oben sah ich einen Schatten vor mir. Ich blickte nach oben und erkannte es. Etwas zog meine Aufmerksamkeit wieder nach unten. Ein kleines Kind kniete auf dem Boden und spielte mit einer leeren Plastikflasche. Der Schatten wackelte. Ich begriff, was passieren würde und rannte los. Wie ein Irrer hastete ich über den Asphalt. Dann zuckte der Schatten und ich wusste, es geht um alles. Ich legte einen Zahn zu und sprang dann die letzten Meter. Ich schnappte mir das Kleine und schrammte über den Boden. Hinter mir knallte es und im nächsten Moment fing das Schreien an. Etwas stürmte auf mich zu, schlug mir ins Gesicht und riss mir das Kind aus der Hand.

AF: Ein Retter, den niemand will! [*Lacht*]

P: Hey, unterschätze mich nicht! Die Mutter umarmte ihr Kind und knutschte es ab. Aber dann sah sie sich um und realisierte, was da auf den Boden geknallt war. Dort, wo ihr Kind gerade noch gespielt hatte, war ein zerschellter Blumentopf. Dann schwankte ihr Blick zwischen mir und dem Blumentopf hin und her. Ich konnte sehen, wie es in ihrem Gehirn ratterte. Auf einmal verwandelte sich der Zorn. Ihr Gesicht wurde weich. Im nächsten Moment stürmte sie auf mich zu, selbst ihr Kind ließ sie links liegen. Sie klopfte mir den Staub von den Klamotten und streichelte mir die Wange an der Stelle, wo sie mich geschlagen hatte. Sie kniete sich hin und faltete ihre Hände, als ob sie beten wollte. Dann dankte sie mir, wobei nach dem dreißigsten Dank ihre Stimme weinerlich wurde.

AF: Haben sie dir einen Orden verliehen? [*Lacht*]

P: Du lachst, als ob du alles besser weißt. Wie siehst du überhaupt aus? Was soll der lange Mantel und die dunkle Kapuze? So was gibt es in Märchenfilmen. Und was ist mit deinen Augen? Trägst du Kontaktlinsen oder wieso sind die so schwarz?

AF: Reden wir nicht über mich altes Mütterchen. Reden wir über dich und deine Missgeschicke!

P: Missgeschicke? Dein Humor muss wirklich aus einem vergangenen Zeitalter stammen. Es sind keine Missgeschicke. Ich würde die ganzen Zufälle eher als naturwissenschaftliche Abweichungen bezeichnen. Die Frau, dessen Kind ich gerettet habe, hat sie genauso gesehen. Und auch, wenn du dich darüber lustig machst. Es war schon eine kleine Heldentat. Ich habe einem Kind das Leben gerettet. [*Wird leicht hysterisch*] Verstehst du, wie besonders das ist? Dieses kleine unschuldige Ding wäre von dem Blumentopf getroffen worden. Das Teil hätte ihm den Kopf zerschmettert. Stell dir all das Blut und die Gehirnmasse vor, wie sie über den Asphalt verstreut wird. Ohne mich wäre das Kleine jetzt tot oder schwer behindert.

AF: Wenn du die Anerkennung brauchst, sollst du sie haben. [*Klatscht*]

P: Du machst mich wütend. Bei allem, was du tust, habe ich das Gefühl, dass du auf mich runterguckst.

AF: Ich bin nur ein altes Mütterchen. Außer der Vergangenheit habe ich nichts im Angebot. Also bilde dir nichts darauf ein. Lass mich lieber noch eine von deinen kleinen, verrückten Geschichten hören.

P: [*Grummelt*] Woher weiß ich, dass du mich ernst nimmst? Ich mache mich nicht zum Hampelmann für dich!

AF: Jungchen! Jungchen! Du bist immer so defensiv. Am Ende ist die Wahrheit jedes Menschen die einzige Wahrheit, die er hat. Wenn deine Geschichte für dich die Wahrheit ist, dann ist es alle Wahrheit, die du hast. Wenn du dir glaubst, reicht das. Kümmer dich nicht um den Rest der Welt. Mach deine Gefühle nicht von den Meinungen anderer abhängig.

P: Du bist weise, Alte.

AF: Die Zeit macht weise.

P: Also höre meine Sorgen, denn du hast es gut gesagt und doch nicht den Punkt getroffen. Was ich sah und erlebte, geschah so, wie ich sage. Ich lebe seit über zwei Jahrzehnten auf dieser Erde und noch nie habe ich so eine extreme Aneinanderreihung von Zufällen erlebt. Es grenzt an Wahnsinn.

AF: Ich bin alt und habe mehr gesehen als die meisten Normalsterblichen. Erzähl mir, was du sahst und vielleicht kann ich dir erklären, was sich dahinter verbirgt.

P: [*Setzt sich*] Hab ich eine Wahl? Außer dir scheint mir niemand zuhören zu wollen.

AF: [*Lacht*] Mach dich nicht kleiner, als du bist. Du scheinst ein recht passabler Kerl zu sein. Nur deine Gedanken hast du nicht unter Kontrolle.

P: Hältst du mich für dumm?

AF: Jungchen! Hör auf, immer alles persönlich zu nehmen. Erzähl mir endlich, wo dein Schuh drückt.

P: Ja, stimmt. Also, es fing vor ein paar Wochen an. Am Anfang war es ganz klein. Manchmal dachte ich Wörter und irgendwo lief ein Song oder in der Bahn neben mir saß jemand und streamte irgendwas. Mehrmals war das Wort in meinem Kopf und das aus dem Song das Gleiche. Anfangs lachte ich darüber. Es wirkte lustig. Irgendwie machte es sogar mein Herz warm.

AF. Schön. Wo ist dann dein Problem?

P: Nun warte doch und sei nicht so ungeduldig!

AF: Jawohl, junger Mann! [*Lacht*]

P: Mehrere Tage bemerkte ich diese Synchronizitäten. Erst am vierten Tag wunderte ich mich zum ersten Mal. Ich fragte mich, ob das immer schon so war und ich es nur nicht bemerkt hatte. Am nächsten Tag veränderte es sich komischerweise.

AF: Jetzt wird es spannend.

P: Du triffst den Nagel auf den Kopf. Das Ganze nahm wirklich eine neue Dimension an. Statt dass die Wörter synchron kamen, wirkten sie auf einmal wie Antworten. Etwa fragte ich mich in meinen Gedanken, was ich heute Abend machen sollte? Plötzlich kam ein Song, in dem jemand über einen Liebesfilm sang und ich fand ganz instinktiv, dass das eine gute Idee wäre, so als ob ich den Song als Antwort von jemand Lebendigem gehört hätte. Ich begann mich zu fragen, ob ich verrückt war. Aber dann wurde es noch schlimmer.

AF: Bisher klingt es unterhaltsam. Ich frage mich, was dich an ein paar Zufällen stört?

P: Ein paar? Du hörst mir zwar zu, aber du verstehst nicht, wie intensiv es war. Ja, vielleicht hast du auch ein bisschen recht. Es war unterhaltsam. Irgendwie fühlte ich mich dadurch sogar wichtig, so als ob eine unsichtbare Macht mich über die Durchschnittlichen hinaushob und wer will schon durchschnittlich sein. Begreife bitte, es waren viele Zufälle, ehe es auf die nächste Stufe ging.

AF: Überzeuge mich und ich glaube dir.

P: Das ist fair. Also gerade war wieder eine dieser gedanklichen Synchronizitäten passiert. Ich überlegte mir, was ich heute essen sollte und in der gleichen Sekunde fuhr ein Bus vorbei. An seiner Seite prangte an der Seite Werbung. Darauf war die Nummer eines neuen Sushi-Bestellservice. Ich machte ein Bild und speicherte die Nummer, als plötzlich vor mir eine Tür aufging und etwas durch die Luft flog.

AF: Hat es dich getroffen?

P: Um Haaresbreite hatte es mich verfehlt. Es dauerte eine Sekunde, ehe ich erkannte, was es war. Es war ein Kaffeebecher und hinter ihm flog der Kaffee her. Dann folgte eine Frau. Ich sage dir, sie war wirklich schön und ungeschickt. Denn genau wie ihr Kaffee flog sie auf den Boden. Ich hastete vor, um das Schlimmste zu verhindern.

Zum Glück ergriff ich sie rechtzeitig und sie knallte nicht mit dem Gesicht auf den harten Asphalt.

AF: Mein kleiner Held. [*Gibt ihm eine Kopfnuss*]

P: Aua! Was soll das? Ich bin kein kleines Kind mehr, dem du einfach eine Kopfnuss geben kannst.

AF: [*Ernst*] Wenn du nur wüsstest, wie alt ich bin.

P: Du machst mir Angst, Mütterchen.

AF: Solange du nett bist, soll dir nichts geschehen.

P: [*Starrt sie kurz an, der Blick schwankt von ängstlich zu irritiert*] Ich frage mich, wer von uns beiden verrückt ist?

AF: Hör auf mit dem kindischen Gequatsche und erzähl weiter!

P: Stimmt! Also, ich fing die Schönheit auf und rettete sie davor, sich zu ihrem Kaffee auf dem Boden zu gesellen. Ich half ihr hoch. Zuerst starrte sie, wie jemand, der Stroh im Kopf hatte. Doch plötzlich begannen ihre Augen wie zwei Diamanten zu leuchten. Sie fiel mir um den Hals und küsste mein komplettes Gesicht ab.

AF: Ein echter Held. [*Lacht*]

P: Hör endlich auf, über mich zu lachen. Wie sich rausstellte, war die schöne Frau gar nicht auf den Kopf gefallen und sie war sogar ein sehr dankbarer Mensch. Kaum dass sie das Küssen eingestellt hatte, begann sie mit einem Monolog, der jeden Roman alt aussehen ließ. Scheinbar war sie seit einigen Tagen vom Pech verfolgt. Aber meine Rettung war die Kehrtwende, das spürte sie. Ohne dir jetzt das Ohr abzukauen mit all den Dingen, die sie mir über ihr Leben, ihre Gefühle und ihr Pech erzählte; am Ende bat sie mich um ein Date.

AF: Casanova!

P: Ich? Niemals. Mit Frauen hatte ich immer nur Pech. Mit Lucy war es das erste Mal, dass ich solch ein Glück hatte. Und das Date war super und wir gingen sogar noch spazieren. Was dann folgte, passt in einen Liebesfilm. Auf jeden Fall bin ich jetzt glücklich vergeben.

AF: Danke dem Zufall!

P: Ja! [*Lacht*] Ohne den Zufall wäre ich nie aus meiner Einsamkeit gekommen. Ich begann es sogar so zu sehen. Doch dann passierte wieder etwas und hinterließ Fragezeichen in meinem Kopf.

AF: War der Zufall vielleicht sauer, weil du ein undankbarer Tölpel bist?

P: Was? Du! [*Kommt ihr wütend näher, aber hält sich zurück*] Deine Zunge ist mir zu scharf. Sei froh, dass ich alten Frauen nicht den Hintern versohle.

AF: Die Wahrheit tut weh!

P: Hm! So wie du es sagst, klingt es verrückt. Aber ich habe auch schon darüber nachgedacht. Die Tage mit Lucy vergingen wie im Flug. Wir beglückten uns und es wirkt so, als ob wir füreinander geschaffen wurden.

AF: Als ob ihr zwei Teile einer Seele seid?

P: Genau! Woher weißt du das?

AF: Das Alter bringt Weisheit mit sich.

P: Alles war gut. Die kleinen Zufälle gingen weiter und ich begann, sie wirklich zu lieben. Und dann dachte ich genau, was du dachtest. Was ist, wenn hinter der Welt ein Lenker sitzt …

AF: Oder eine Lenkerin!

P: … oder eine Lenkerin – was auch immer; und was ist, wenn diese Macht mir diese Zufälle schenkt, weil sie gesehen hat, wie gut ich eigentlich bin.

AF: Einbildung ist auch eine Bildung.

P: Ja, aber du weißt, was ich meine und so schlecht bin ich wirklich nicht. Also, was ist, wenn irgendeine Art Gott oder vielleicht Aliens oder so was wie ein Algorithmus, der die Matrix steuert, mich beschenken wollte?

AF: Faszinierend!

P: Ist es faszinierend? Ich dachte darüber nach. Mehrere Nächte lag ich neben Lucy wach und spielte alle Möglichkeiten immer wieder durch. Schließlich habe ich sogar das Internet durchforstet, ob es auf der Welt irgendwo eine Häufung von Zufällen gibt.

AF: Vermutest du eine Weltverschwörung?

P: Dass es geheime Mächte gibt, weiß jeder. Macht und Geld treiben die Menschen zu den verrücktesten Dingen. Aber das meine ich nicht. Denn diese Art Zufälle, die ich erlebe, kann kein Mensch hinkriegen. Falls es wirklich keine natürliche Anomalie im Raum-Zeit-Gefüge ist, dann muss es eine extraterrestrische Macht sein. So lag ich da im Bett, lauschte dem leisen Atem Lucys und fragte mich, was diese Macht von mir erwartet?

AF: Endlich beginnst du zu verstehen!

P: Was?

AF: Denkst du wirklich, die wahren Mächte würden ihre Zeit verplempern, um dich mit ein paar Zufällen ins Bett einer schönen Frau zu führen?

P: Aber wer und vor allem, was wollen sie von mir?

AF: Vielleicht ist es an mir, dir eine alte Geschichte zu erzählen. Lange bin ich durch die Welt gereist. Es gibt so viel zu entdecken. Leider sind die meisten blind und sehen nur das, was oberflächlich ist. Aber die Wahrheit der Welt liegt unter der Oberfläche. Nur wer bereit ist, durch den Schleier der Erscheinungen zu schauen, wird die Antworten finden, die er sucht.

P: Du sprichst mir aus der Seele, aber was hat das mit meinem Problem zu tun?

AF: Wann lernst du endlich geduldig zu sein und lässt eine alte Frau ihre Geschichte bis zum Ende erzählen?

P: [*Klemmt die Lippen zusammen und tut so, als würde er sie mit einem unsichtbaren Schlüssel abschließen*]

AF: Vor langer Zeit kam ich in ein legendäres Land. Es lag am Meer und die Sonne schien oft. Vor dem Festland lagen viele Inseln, auf denen die Menschen siedelten und ihr Leben genossen. Ein Schiff brachte mich zu einer der schönsten Inseln, denn ich wollte wandern. Zuerst begann ich den Strand entlangzugehen, ehe mich ein Weg die Dünen hoch führte. Immer tiefer lief ich ins Innere der Insel, bis es hügliger wurde. Dann ließ mich die zarte Stimme einer Frau aufhorchen.

P: Endlich wird es spannend?! [*Kratzt sich am Kopf*]

AF: Auf einem felsigen Plateau fand ich die Reste eines alten Tempels. Eine der Säulen ragte noch zum Teil in die Höhe. Von den anderen waren nur noch die Sockel zu sehen. In der Mitte des zerstörten Tempels thronte der Rest einer weiblichen Gottheit. Ihr fehlte ein Arm und auch ihr Kopf war leicht zerstört. Ich erkannte, dass ihre Augen bedeckt waren und in dem Arm, der ihr verblieben war, hielt sie ein Füllhorn mit reichen Schätzen. Dann hörte ich den Gesang wieder. Er war nah, aber ich konnte niemanden sehen.

P: Wer war es?

AF: [*Gibt ihm eine Kopfnuss*] Warst du es nicht, der mich immer wieder ermahnt hat zu schweigen, bis du zu Ende erzählt hast?

P: [*Hebt abwehrend die Hände*] Schon gut. Ich bin ruhig.

AF: Der Gesang war schön und er wurde bei jedem Schritt lauter. Schließlich war er ganz nah und es wirkte, als würde ich direkt neben der Sängerin stehen. Doch zu sehen, war sie nicht. Dann wurde mir klar, dass ein magischer Schleier die Sängerin verborgen hielt.

P: Das klingt verrückt!

AF: Nur, weil du es nicht verstehst, heißt das nicht, dass es das nicht gibt. Die Welt ist größer und birgt mehr Geheimnisse, als du dir vorstellen kannst. Glaubst du wirklich, du weißt alles über die Welt?

P: Nein, das meine ich gar nicht …

AF: Oder glaubst du wirklich, das Bild, welches du in den Medien, auf deinem Smartphone und im TV siehst, ist zu hundert Prozent richtig?

P: Also … also … [*Stottert*] Ok. Ok. Ich bin ruhig!

AF: Alt bin ich und zwar älter, als du denkst. Ich habe viel gesehen und auch viel gelernt. Auf meinen Reisen traf ich auch viele Weise. Eine Weise brachte mir ein paar Zaubersprüche bei, um das Unsichtbare sichtbar zu machen. Also ließ ich meine Finger einige mächtige Zeichen in die

Luft malen, die auf Erden sonst fast vergessen sind. Dann tauchte neben mir auf einem Stein eine Frau auf. Als sie bemerkte, dass ich sie sehen konnte, lächelte sie. Aber schon nach einem Augenblick brach ihr Lächeln und sie wirkte traurig.

P: Bestimmt hat ihr irgendein Sonnyboy das Herz nach einem Urlaubsflirt gebrochen.

AF: [*Boxt ihm auf die Schulter und sieht ihn ernst an*] Diese Geschichte hat Tiefe. Wenn ich etwas in meinem sehr langen Leben gelernt habe, dann dass nur die tiefgründigen Dinge wirklich von Bedeutung sind.

P: Du sprichst mir aus dem Herzen und ich halte jetzt meine Klappe, bis du mir wieder die Erlaubnis zum Reden gibst.

AF: Guter Junge. Jetzt sitz endlich still, öffne deinen Herz-Geist und versuche die Tiefe zu erfassen.

P: [*Nickt demütig*]

AF: Die magische Barriere war verschwunden. Die junge Frau sah mich mit ihren traurigen Augen an, aber versuchte sich aus Höflichkeit ein Lächeln abzuquälen. Ich begrüßte sie mit netten Worten. Sie lächelte und bat mir einen Platz auf dem großen Stein an. Ich erzählte ihr offen, wie traurig sie auf mich wirkte. Ihre Augen wurden größer. Als ich fertig war, kroch eine kleine Träne aus ihrem Auge. Dann fiel sie mir in die Arme und begann mir ihr Leid zu beichten. Sie war eine Göttin …

P: Eine Göttin?

AF: Du hast gesagt, du schweigst, bis ich fertig bin.

P: Tschuldige!

AF: Also sie sagte, sie sei eine Göttin. In der Welt der Menschen war sie als Göttin des Zufalls bekannt. Sie hatten ihr viele Namen gegeben, aber ihr Wirken war jedes Mal einzigartig. Sie ist unverkennbar. Jeder Mensch wusste sofort, wenn es ein göttlicher Zufall war.

P: Warte! Warte, und ja, ich weiß, ich sollte schweigen. Aber willst du damit sagen, eine Göttin hat mir diese Zufälle geschickt?

AF: Hast du dir je darüber Gedanken gemacht, was eine Göttin ist?

P: Also … also … [*Stottert*] In der Schule gab es ein Fach namens Religion. Aber es war freiwillig. Ich habe es nicht gewählt, weil ich nichts mit diesen pädophilen Pfaffen zu tun haben wollte. Dort ging es aber nur um einen Gott und der war definitiv männlich.

AF: Der Buchgott spielt sich gern auf.

P: Der Buchgott?

AF: Warum sollte es keine weibliche Gottheit geben?

P: Das sage ich gar nicht. Nur bisher hat mich das niemand gefragt.

AF: Ich frage dich und ich sage dir, meine Geschichte ist wahr. Dort auf dem Felssockel saß die Göttin des Zufalls und sie klagte mir ihr Leid.

P: Ich dachte, Götter leben in Himmeln und sind immer glücklich.

AF: Das stimmt. Das können sie. Aber was ist, wenn ihr das nicht genug ist und sie sieht, wie verzweifelt die Erdlinge sind?

P: So wie ich?

AF: Warst du verzweifelt, ehe die Zufälle ein neues Licht der Hoffnung in deinem Leben angezündet haben?

P: Also … also … [*Stottert und lässt dann den Kopf sinken*] Ja, es stimmt. Ich war einsam. Mein Leben war nicht so schlecht, aber ohne jemanden, mit dem ich es teilen konnte, wirkte alles wie ein dunkler Tunnel, an dessen Ende kein Licht in Sicht war.

AF: War der Zufall dir eine Hilfe?

P: Eine Hilfe? Er hat mich aus der Dunkelheit gerettet. Mein Herz würde noch immer bluten.

AF: Was stört dich dann daran?

P: Weil ich es nicht verstehe.

AF: [*Lacht*] Ein kleiner Mensch, der erkennt, wie wenig er versteht.

P: Ist es vermessen, wenn ich es verstehen will?

AF: Es ist ganz simpel. Was verstehst du daran nicht?

P: Was ist an diesen extremen Zufällen simpel zu verstehen? Das ist nicht normal. Mein ganzes Leben waren sie nicht da und ich kenne niemanden, der es so erlebt hat. Ja, ich bin dankbar dafür. Hier sieh, ich falle auf meine Knie, falte die Hände und bin dankbar [*Kniet und betet*], aber es ist gegen die Naturgesetze. Wie kann es sein und warum ich?

AF: Die Welt ist simpel, wenn du die Götter verstehst.

P: [*Lacht*]

AF: Lach nicht darüber. Freue dich, aber werde nicht höhnisch. Da saß die kleine Göttin des Zufalls und weinte. Sie weinte wegen solcher Holzköpfe wie dir. Jeder ihrer Zufälle ist ein Akt ihres Herzens. Deine Zufälle sind nichts anderes als ihre göttliche Liebe.

P: [*Steht auf, hebt abwehrend die Hände*] Ich hab´s verstanden. [*Klopft sich gegen den Kopf*] Ich bin ein Holzkopf. Weißt du was, ich setze mich jetzt hin, höre dir bis zum Ende zu und werde dich nicht mehr unterbrechen.

AF: Du bist wirklich lernfähig. Das freut mich. Es gibt noch Hoffnung. Da saß sie also: die Göttin der Zufälle. Ihre Macht war grenzenlos und sie hätte alles haben können, falls sie eine gierige Göttin wäre. Es wäre für sie ein Kinderspiel, ein paar Männer von sich abhängig zu machen, die dann für ein Heer aus sektenmäßigen Anhängern sorgen. Mit ihren Zufällen könnte sie in wenigen Jahrzehnten hunderte Millionen mentale Sklaven erschaffen, die sie willenlos anbeten, so wie der Buchgott es getan hat. Aber die Frau, die dort saß, war kein herzloses Monster. Sie war sensibel und nachdenklich. Ich begann sie also weiter nach dem Grund ihres Kummers zu fragen.

Was glaubst du, was sie mir erzählte?

P: Ich glaube, … [*Die alte Frau hält ihm die Hand auf dem Mund*]

AF: Das war eine rhetorische Frage, Kleiner! Also, was glaubst du, hat sie mir erzählt? Genau! Sie war zutiefst enttäuscht von den Menschen, denen sie mit ihren Zufällen Glück gebracht hatte. Sie überschüttete sie mit Zufällen, die ihnen Reichtum brachten oder sie aus der Not retteten. Manchen gab sie den Anstoß für einen Geistesblitz, der zu einer großen Erfindung führte. Sie tat das immer, weil sie Mitgefühl mit den armen Seelen hatte. Aber dann verhielten sie sich alle wie Idioten. Jenen, denen sie Glück im Spiel und großen Gewinn gebracht hatte, wurden immer zu habgierigen, arroganten Arschlöchern. Dann gab es noch die, die in einer großen Not waren oder dem Tod ins Gesicht geblickt hatten. Dann habe sie um Hilfe gebettelt. Sie hat sie erhört und aus der Krise geführt. Alle waren danach dankbar und alle vergaßen nach kurzer Zeit ihre Dankbarkeit. Noch schlimmer, als ob ein Magnet sie anziehen würde, liefen die meisten bald wieder in dieselbe Art von Krisen und bettelten wieder um Hilfe.

P: Narren! Ups. [*Hält sich Hand vor den Mund*] Tschuldige!

AF: Hast du diese armen Irren gerade Narren genannt, obwohl du selbst wie sie bist? Hat dir nicht die Göttin die Zufälle geschickt? Haben sie dir nicht das geschenkt, was du dir seit Jahren am sehnlichsten wünschst?

P: Was meinst du?

AF: Die Liebe! Junge: Die Liebe!

P: Ach so. Ja. [*Lacht, kratzt sich verlegen am Kopf*]

AF: Genau wie dir hat sie Milliarden Menschen Zufälle geschickt. Aber weißt du was? Sie waren blind. Blind, genau wie du. Ich weiß nicht, woran es liegt: Seid ihr Menschen einfach nur blind oder dumm wie Stroh?

P: Das ist wieder eine rhetorische Frage, oder?

AF: [*Lacht böse*] Es wäre schön, wenn es so wäre. Aber höre mir endlich besser zu, denn du verstehst die Essenz meiner Rede immer noch nicht.

P: Ich verstehe dich. Beleidige mich nicht. In meinem Kopf ist kein Stroh.

AF: Selbst Stroh wäre klüger als ein dummer Holzkopf, der nicht begreift, wie rein und wunderbar die Göttin der Zufälle ist. Sie hat dir deinen großen Wunsch erfüllt. Nur dir? Nein! Da draußen gibt es Millionen, denen sie mit ihren magischen Zufällen einen Weg aufzeigte. Das Schlimme ist noch nicht einmal, dass die meisten es vermasselt haben, ihre Chance zu nutzen. Das Schlimmste ist ihr Undank. Sie nehmen es so hin, anstatt dem Sender der Zufälle zu danken, und dann werden sie sogar noch arrogant. Weil die Göttin sie einmal beschenkt hat, denken sie, es ist selbstverständlich. Sie fordern mehr und mehr und sie fordern es mit erhobener Nase. Das widert die Göttin an. Verständlich; würde mich auch anwidern. Und die Typen werden dann arrogant und meinen, das Leben würde ihnen Unrecht tun und sie bekämen nie eine faire Chance.

P: Bin ich auch so?

AF: Du bist zumindest einsichtig, kleiner Pertho. Du sahst die Göttin die ganze Zeit. Das habe ich zwischen den Zeilen deiner Geschichte gelesen, aber du hast nicht verstanden, was du gesehen hast. Denn wie könnte ein kleines Menschenhirn jemals die Grenzenlosigkeit eines göttlichen Wesens erfassen. Die harte Wahrheit ist, unter den Menschen bist du eine Ausnahme. Ich wanderte durch die Welten und traf viele Wesen. Ihr Menschen seid berühmt dafür, ein Brett

111

vor dem Kopf zu tragen. Selbst wenn man euch das klügste Argument gegen eure Idiotie zeigen würde. Sogar selbst dann, wenn ihr in dem einen Moment verstehen würdet. Kaum eine Sekunde später würdet ihr wieder zu Holzköpfen werden.

P: Sind wir so schlimm?

AF: Kleiner Pertho; es ist noch schlimmer. Du kennst die alten Bücher, die von den großen Kriegen berichten. Sie werden ein Hauch im Wind sein für die Kriege, die kommen werden, wenn ihr nicht anfangt, vernünftig zu werden.

P: Sind wir verloren?

AF: Nein. Ihr könnt jederzeit anhalten und der Wahrheit ins Gesicht blicken.

P: Aber woher soll ich, woher sollen wir wissen, was die Wahrheit ist?

AF: Die Liebe. Immer nur die Liebe. Mehr braucht ihr nicht. Macht die Liebe zu eurem Gesetz, aber nur die vernünftige Liebe, nicht die blinde triebgesteuerte.

P: Aber wie hilft das mir? Was soll ich tun?

AF: Was macht eine Mutter und einen Vater glücklich?

P: Liebe?

AF: Weiter!

P: Was meinst du? Du redest doch die ganze Zeit von Liebe. Jetzt sage ich Liebe und es ist dir nicht genug.

AF: Jungchen. Liebe gibt es in tausenden Formen. Du liebst deinen Hund doch nicht genauso wie deine Freundin.

P: Ich liebe meinen Hund!

AF: Aber liebst du ihn auf dieselbe Art wie Lucy?

P: Nein, ich bin doch nicht pervers!

AF: Siehst du! Auch die Göttin wünscht sich Liebe. Aber, was denkst du, wie liebt man eine Göttin?

P: Durch Gebete?

AF: Fragst oder antwortest du?

P: Durch Gebete!

AF: Ja, das mit dem Beten ist so eine Sache. Die Leute beten seit Jahrtausenden. Aber meistens ist das nur ein Betteln um Hilfe. Viel mit Liebe hat das nicht zu tun.

P: Dann beten mit Liebe?

AF: [*Lacht*] Immerhin bist du kreativ. Was empfindest du, wenn dir jemand in einer Krise hilft?

P: Ich bin dankbar. Ehrlich, ich habe schon oft in der Krise gesteckt. Meist musste ich da allein durch. Aber einmal hat mir eine gute Freundin den Hintern gerettet. Ohne sie würde ich heute nicht mehr lachen. Ich werde ihr immer dankbar sein.

AF: Siehst du!

P: Was meinst du? Soll ich ihr dankbar sein?

AF: Ohren haben, aber nicht hören können. Augen haben, aber nicht sehen. Einen Mund haben, aber nicht fähig sein, die Wahrheit in Worte zu fassen. Das seid ihr Menschen. Wenn ihr euch nicht ändert, wird eure Zukunft dunkel und düster sein.

P: Was?

AF: Für mich ist es an der Zeit. Der Strom ewiger Urigkeiten ruft nach mir. Mach das Beste aus meinen Worten. Aber egal, was du tust: Lebe aus dem Herzen!

P: Du gehst und lässt mich allein zurück?

AF: Du hast alles, um dein Schicksal zu erfüllen. Höre mit den Zweifeln auf und lebe!

[Die alte Frau geht und er sieht ihr unschlüssig hinterher]

P: Allein! Oder nicht? Wenn es stimmt, was sie sagte und ich hörte zu, auch wenn sie meinte, ich hätte nicht zugehört: Ich bin nicht allein, denn die Göttin des Zufalls soll hier bei mir sein!

[Etwas fällt vom Himmel]

P: Wieder! Ein Zufall jagt den Nächsten. Bin ich närrisch oder einfach nur undankbar?

[Ein Holzstock fliegt gegen seinen Kopf]

P: Aua! Was? Wer? *[Sieht nach dem Holz]* Nur ein Stück Holz. Vielleicht hat es der Wind hierher getragen oder ein Vogel hatte es im Maul, um sich sein Nest zu bauen. Aber selbst wenn, warum trifft es ausgerechnet mich hier und jetzt?

[*Wieder kommt etwas geflogen und trifft ihn. Pertho schluckt und sieht sich unsicher um, dann fällt er auf die Knie*]

P: Göttin!? Hörst du mich? Bist du da? Ja, ich glaube! Wie sonst kann es sein. Du bist und ich will dir dankbar sein bis zum letzten Atemzug. Ich war einsam. Mein Leben war sinnlos. Wie eine Ameise ohne Königin, völlig losgelöst vom Rest der Welt, trieb ich auf einem Ozean umher und wusste nicht, wo der rettende Hafen ist.

Nie hatte ich Liebe. Sex gab es hier und da mit Frauen, die schön waren, aber nur betrunken und schon am nächsten Morgen verschwunden. Jetzt habe ich, wovon ich am sehnlichsten träumte.

Du Göttin musst hier sein. Ich bereue, die alte Frau nicht nach dem Zauberspruch gefragt zu haben, der mich dich sehen lässt. Wie gern würde ich einen Blick auf dich werfen. Dankbar würde ich vor dir auf die Knie sinken. Du hast mir den Sinn im Leben zurückgegeben.

[*Sonnenschein*]

Ich spüre das Licht. Du sendest es mir. Wie kann daran ein Zweifel bestehen? Du bist die Macht hinter allen Zufällen der Welt. Wir sind nur Menschen, Unwissende, die getrieben sind von unseren Zweifeln, Zwängen und Ängsten. Was wir sind ohne den Glauben an euch Göttliche, ist nichts. Und so war ich nichts, als ich nicht wusste, dass du da bist und du mit mir bist. Dich zu spüren, Göttin, nährt mein Herz und macht es stark. Wenn es stark ist, kann es lieben. Denn zum Lieben braucht es Offenheit und Vertrauen. Ehe ich deine Zufälle erlebte, vertraute ich nur auf das Einsamsein. Ich war allein in meinem Block. Alle sind dort allein. Denn sie haben keine Göttin, die sie mit der Welt verbindet, um so eins zu werden mit allem Dasein.

Jetzt spüre ich es. In meinen Blutbahnen pulsiert es. Deine Wunder haben das in Gang gesetzt. Ich bin wieder eins mit mir. Denn du bist und durch dich bin ich verbunden mit der ganzen Welt. Dank dir fühle ich mich stark. Deine Zufälle gaben mir das Gefühl, wertvoll zu sein. Sie fühlten sich an, als ob sie mich lieben würden. Das gab mir das Selbstvertrauen zurück.

Warum? Warum fragst du oder habe ich das laut gedacht? Wie ist es mit euch Göttern, könnte ihr unsere Gedanken lesen? Das wäre verrückt. Sicher auch anstrengend. Wir Menschen sind wohl nicht die Klügsten. Mein Beileid, falls du alle meine Gedanken hörst oder ist das der Grund, warum du mir diese Zufälle geschickt hast? Hattest du Mitleid mit mir? Verstehen würde ich es.

Ich sehe dich nicht, aber ich zweifle auch nicht mehr. Die alte Frau hat mich berührt. Etwas in ihren Worten hatte großes Gewicht. Wer auch immer sie war; eine einfache alte Frau war sie nicht. Sie hatte Erfahrung und Weltwissen. Ich glaube ihr. Hörst du Göttin?! Es klingt verrückt. Ohne deine Zufälle würde ich es nicht glauben. Aber sie waren da und ohne sie hätte ich Lucy nie kennengelernt. Was bleibt mir also, als dir Danke zu sagen.

Sieh her Göttin! [*Schlägt sich mit der Handfläche aufs Herz*] Hier drin wird ab jetzt immer ein Platz für dich sein. Du bist meine Göttin und du sollst es bleiben bis zu meinem letzten Atemzug.

[*Blüten und Blumen rieseln vom Himmel*]

Deine Zeichen sind der Segen meines neuen Lebens. Nicht nur Lucys Liebe macht mich zu einem neuen Mann. Du bist mein Engel. [*Nimmt sich eine Blüte und hält sie in die Luft*] Auch, wenn ich dich nicht sehen kann. Diese Blüte beweist deine Existenz. In ihr spiegelt sich das ganze Universum. Deine Göttlichkeit durchstrahlt alles. Du bist in allem. Darum kannst du uns Menschen deine Zufälle schicken. Noch sind wir blind. So wie ich nicht glaubte, glauben meine Menschenbrüder noch nicht. Ich hoffe, der Tag wird kommen, an dem wir alle dich verstehen. Jeder deiner Zufälle ist ein Wink mit dem Zaunpfahl. Wir nutzen sie nicht, lassen sie verstreichen und wundern uns dann, wenn wir nicht glücklich werden.

Ich will dich ehren. Aber wie? [*Ruft kurz*] Sag mir wie Göttin? Was wünschst du dir? Du hast mein Herz mit Liebe gefüllt. Jahrelang war es ein dunkler Ort, an dem kein Quantum Licht zu finden war. Dank deines Zufalls ist Lucy in mein Leben getreten. Endlich ist das Licht zurück. Solange du bei mir bist, Göttin, wird mich nichts von Lucy trennen. Deine Zufälle werden uns schützen. Nichts in der Welt kann uns je wieder trennen. Wir gehören zusammen. Wegen dir. Wegen dir Göttin! [*Ruft wieder*] Wegen dir Göttin des Zufalls!

L: [*Rufe aus dem Off*] Hallo Pertho!

P: [*Hält die Blüte hinter den Rücken und sieht sich um*] Lucy?

L: [*Kommt an und küsst ihn verlegen*] Bitte verzeih mir. Ich saß in der Bahn und dann hat sie gestoppt, weil irgendein Polizeieinsatz auf den Gleisen war. Sonst wäre ich pünktlich gewesen. Bist du mir böse, weil ich dich solange habe warten lassen?

P: Wie könnte ich der Frau böse sein, die mir der Zufall geschickt hat?

L: [*Lacht verlegen*] Ja, es stimmt. Eine höhere Macht hat uns zusammengeführt. Ich habe so etwas noch nie erlebt. Es war ein Wunder.

P: Eine höhere Macht, [*Kratzt sich verlegen am Kopf*] wie recht du hast.

L: [*Kneift ihm in den Oberarm*] So wie du das sagst: Als ob du Kontakt zu dieser Macht hast.

P: Ich bin nur gesegnet.

L: Gesegnet womit?

P: Gesegnet mit deiner Liebe!

L: [*Lacht und küsst ihn auf die Wange*] Ohne dich war mein Leben leer. Hätte uns dieser verrückte Zufall nicht zusammengeführt, hätte ich den Glauben an die Liebe für immer verloren.

P: Auf unsere Zufälle.

L: Auf die Liebe, die der Zufall bringt!

[*Verlassen händchenhaltend die Bühne*]

[*Ende 3. Akt*]